講談社文庫

本性

黒木 渚

講談社

目次

本性

超不自然主義

1

「あなた、一年後に死ぬわよ」

ブクブクに太った中年の占い女に言われてから二年。

生き残った私はあの時よりも断然生きている。断然生きているし、スーパー健全な精神でもって楽しくやっている。

むしろ、私に死を宣告したあの占い師こそ今はどうなっているのか分からない。芋虫のようにむくんだ指に、大げさな指輪がめり込んでいた。十分千円で客から巻き上げた不健康な養分を蓄《たくわ》えて今にも弾《はじ》けそうな体だった。今ごろ破裂していてもおかしくはない。

テキトーに鼻歌をうたう。「中国四千年の歴史」みたいなやつ。無意識のうちにチヤイナテイストになってしまうのは、私のいる場所から道を挟んで向こうに中華料理屋があるからだろう。

料理屋の店先に下がっている、ぼんぼりのような赤い提灯《ちょうちん》の下には、明るいオレンジ色のフリンジが付いていて、ぬるい風になびいている。トウモロコシのひげみたいだなあ。触ったら気持ちよさそう、と椅子に座ったまましばらく眺めていた。

とにかく今夜は暇だ。場所が悪かったかもしれない。アウトドア用の折りたたみテーブルと椅子、それから水晶の玉。私の商売道具はこれだけだ。すぐにどこか人通りの多そうな場所へ移ることもできる。が、ダルい。もう夕方だというのに、昨日の酒を体がひきずっているのだ。思考にモヤが掛かっているので、もし今、客が来たとしても冴えた返答はできないと思う。

占い屋はちょうどいい。寒さの厳しい季節でなければ、路上に店を構えて座っていることもさほど苦ではないし。自分の好きなときにテーブルと椅子を広げて待っていると、案外立ち寄る人はいるのだ。立ち寄らずとも、通り過ぎざまに気にしていく人はかなりいる。さすが東京、迷える分母のデカさゆえ、私の仕事は成り立っている。

「死ぬ」という強烈な未来を堂々と私に宣言し、そして気持ちよいほど空振りしたあの占い師のことが、なぜかずっと気になっていた。見当違いな独断を人に押し付けておきながら、平気で占い師を名乗るあの図々しさには見習うべきものがあると思う。つまりそういうことなのだ、他人の未来なんて本当はみんなどうでもいい。だから私も彼女に倣って勝手に占い師になった。

私は自分の店に看板を置かない。ちゃんとした占いなんてまったく分からないからだ。ただテーブルの上にでっかいガラス玉を置いて座っているだけ。他の路上占い屋から、近からず遠からずの場所に陣取るというのもミソではある。彼らが「占」や「易」と書いた看板を掲げているものだから、同じ並びに店を構えている私のことも勝手に勘違いしてくれるのだ。堂々と座っている女が、何の占いの知識もなくここにいるとはよもや思うまい。客が必死に相談をしている私は、紛れもなくただの私だ。ごめんね。

2

エリちゃんは私より多分七歳くらい年上だけど、童顔でかわいい顔をしていると思う。三十代には全然見えないし、色が白くて処女みたいな清潔感がある。私が帰ると、夕食を作ってくれている時もあって、何かとよくしてくれる。

でも、何ていうか、エリちゃんはひどくこじらせている。どうしようもないことを、ミキサー車みたいにお腹の中で攪拌《かくはん》し続けるタイプで、私はその面倒くささに付き合う代わりに、３ＬＤＫのエリちゃんちの一間に居候させてもらっているのだ。

「ただいまー」

ミュールで溢《あふ》れかえった玄関に折りたたみテーブルと椅子を降ろして、奥に声を掛ける。エリちゃんも帰っているみたいだ。

「おかえりなさい」

奥から返ってきた声は鼻声だ。ちょっと嫌な予感。

リビングの扉を開けると、部屋の真ん中に置かれたソファにエリちゃんが座っていた。膝を抱えてこぢんまりと。まるで招き猫だ。そして案の定泣いている。

「どしたの」

「……サイコ、私決めたよ」

「何を？」

「別れることにした」

エリちゃんの目に再び涙がこみあげる。みるみるうちに涙の粒が膨《ふく》らんで、目の縁からこぼれ落ちた。

「別れるって、旦那さんとってこと?」

「それ以外に誰と別れるのよ」

「いや、エリちゃんが急にそんなこと言うから……何かびっくりして」

「うん……、うん、そうだね。そうだよね。でも、もう決めたことなの」

「そっか。それは分かった……けど」

正直、いまいち状況が分かっていなかった。

私はつい今しがた帰宅したばかりだし、まだ腰も下ろさないうちにそんなことを言われてもね。それに一番不可解なのは、エリちゃんと旦那さんが離婚するとして、そもそも二人は正式に結婚などしていない、ということだ。だって、エリちゃんの旦那さんは地蔵なのだ。中目黒《なかめぐろ》の一角に祀《まつ》ってあった石の地蔵。

「何で別れんの?」

とりあえず聞いてみるしかない。エリちゃんは赤くテカった鼻をティッシュで何度もこすりながら、息を整えた。

「浮気……だと思う」

「ん？　浮気？」

「そう。あの人はもう私のこと愛してないと思うのよ」

「どうしてそう思うの？」

「何も感じなくなっちゃったんだもん。確かに昨日までは通じ合ってたはずなのに、何もなくなっちゃってるの。温度みたいなものが」

「だからって、浮気とは限らないじゃん」

だって相手は地蔵だよ？　と言い掛けてやめる。常識をエリちゃんに当てはめるのは無駄なことだと一番知っているのは私だから。

「いや、浮気だと思う。だって急にだよ？　きっと私より好きな人ができたんだよ。サイコはそう思わないの？」

『思わないの？』とか聞かれても私にはエリちゃんの旦那さんのことはあんまり良く分かんないってば」

「……だよね。ごめん」

「謝んなくてもいいけどさ」

「ああ、もうどうしよう。本当に悲しいんだけど。こんなに好きなのに」

「もー大丈夫？」

困った。このモードに入ると長くなる。どうにか早く解決策を見つけないと、数日間はこの調子で鬱陶《うっとう》しくしているに違いない。とりあえず私は早く寝たいのだ。占いごっこで疲れている。

「別れるって、具体的にどうすんの？」

「どうしよう」

「どうしようって……」

「分からないの、どうしたらいいのか」

「べつに籍も入れてないしさ、エリちゃんが別れるって言ったら別れたことになるんじゃないの？」

「そうだけど……。別れても一緒に住んでるのっておかしいよね」

「まあね」

「……サイコ、また手伝ってくれない？」

「えー、それって、元の場所に戻すってこと？」

「うん。そのほうが良いと思うの。もう一緒にいられないんだもん」

「またかぁ……」

選択肢はない。地蔵の返還に付き合わなければ今夜はきっと寝かせてもらえない。

そうとなれば、とっとと動いたほうが良いだろう。鼻をグズグズ鳴らして泣きながら、まだ時々「いやだよう」と呟《つぶや》くエリちゃんを尻目に、私は準備に取りかかる。

旦那さんはテレビの横に置かれている。普通なら、観葉植物の鉢植えなんかを置いておくにはベストと思われる位置である。統一されたオシャレなインテリアを、旦那さんは見事にぶち壊している。

新聞紙を床に広げ、重たい地蔵をその上に横たえる。くるむようにして上からセロハンテープでグルグル巻きにした。地蔵の顔が見えなくなるとき、エリちゃんはまた声を殺して泣いた。

白いキャンバス地のトートバッグに地蔵を入れると、私はエリちゃんに声を掛けた。

「ほら、行こう。できたよ」

放心したようにソファに座り込んで一連の作業を見ていたエリちゃんは、こくりと頷《うなず》いて立ち上がると、バッグの持ち手を片方だけ握った。もう片方は私に持てということだろう。

「よいしょ！」

持ち上げるとやはり石だ。ひたすら重い。よろけながら二人で運ぶと、なんだか死体を運んでいる気分になってくる。

玄関を出てエレベーターで一階に降り、マンションのエントランスに差し掛かったとき、一台のキックボードが置きっぱなしになっているのを見つけた。どこかの家の子供が遊び飽きて放ったままにしていったのかもしれない。

「エリちゃん、これちょうどいいよ。これに旦那さん乗せていこう」

「うん。ちょっとくらい借りてってもいいよね。またここに戻しとけば」

「よいよい」

キックボードに地蔵を載せ、私達は中目黒を目指してゆっくりと歩いた。深夜だが、まったく人通りがない訳でもない。すれ違う人は皆、キックボードに載せられたトートバッグよりも、泣きながらそれを押しているエリちゃんを見ながら過ぎて行った。ここに入っているのは地蔵ですよー、とふざけてバラしてみたくもある。

思えば、エリちゃんが旦那さんと結婚したときもこんな感じだった。四年の交際を実らせ、いよいよ二人が結婚するというので、引っ越しを手伝わされたのだ。

引っ越しというか、単純に泥棒だ。住宅街にあるY字路の分岐点にエリちゃんの旦那さんは立っていた。蓮《はす》の花をかたどった立派な石の土台は、地面とくっ付いていて剝《は》がすのに随分苦労したのを思い出す。ホームセンターで買ったハンマーでダルマ落としみたいに強引に打ち倒した。バチ当たりな結婚だと思う。

運搬中に怪しまれないように、あのときも新聞紙で包んだな。ママチャリのカゴに入れて、不安定な足取りで運んだのを覚えている。

「対物性愛」というのだとエリちゃんは言った。無機質なモノしか愛せない。思春期を迎え、周りの女の子達がアイドルや俳優や同じクラスの誰それに思いを募らせているなか、エリちゃんはプラスチックの書類ケースに恋をした。それは抗いようのない引力で彼女を吸い付けて、二度とこちら側に戻ってこられなくしてしまったのだ。

沸騰しそうな初恋をエリちゃんはラブレターにして、書類ケースの引き出しにねじ込んだ。熱烈な彼女の思いに押し切られる形で、初めての交際がスタートしたのだという。ちなみに、初体験もこの書類ケースとだったらしい。どうやって？　というのはもはや愚問で、「世の中には知らないことがたくさんあるんだなぁ」くらいのスタンスでなければダメだ。

以前、エリちゃんは私に聞いたことがある。

「人間の男を好きになるってどんな感じなの？」

と。完全にこっちのセリフなんですけどね。書類ケースや地蔵が恋人ってどんな感じなの？　だから投げやりに答える。

「えー。分かんないけど、エリちゃんが地蔵好きっていう感じとおんなじなんじゃん？」

そうとしか言えなかった。だってエリちゃんとの恋バナは、相手がモノだという点を考えなければ至って普通の女子トークだったから。普通にイチャイチャする（らしい）し、お互いにヤキモチも焼く（らしい）し、倦怠期もある（らしい）というなら、世の中のカップルと大して変わらないと思った。

キックボードを押して歩くエリちゃんは、さっきより落ち着いて見える。実際に別れてしまったときよりも、別れを予感したときの方が悲しい、というのも私の恋愛と変わらないのか。

順風満帆な恋愛に翳《かげ》りが出てくると、頭に手を突っ込んで想像力をもぎ捨てたくなる。ネガティブな予感の成長は早い。四方八方に広がり、何千通りもの最悪なイメージへと枝分かれしていく。それに加えて、美しい思い出の数々をわざわざ記憶の彼方《かなた》から引っぱり出してきて隣に添えてみたりするもんだからどんどんダメな方に加速する。二人で見た夜景とか、クリスマスイブのことか、初めて出会った日のことか、ベタなロマンチックがこれから訪れる悲劇をより感傷的に演出する。

「でもさ、実際別れるって決めた後の方が楽じゃない？」

頭の中で考えていたことの続きを、エリちゃんに投げかけてみた。

「……何が？」

「なんていうか、気分が楽じゃない？　ってこと」

「うーん、そうなのかな……」

「だってエリちゃん、さっきより顔がスッキリしてるよ」

「そう？」

「うん。一旦決めちゃったら、案外あとは清々《すがすが》しくやれるんじゃないの？」

「あ、ちょっとそれは分かるかも」

「でしょ？　割り切ったら早いんだよ、女は」

「そうかも。まだ辛いと言えば辛いけど、モヤモヤしてたのが少し減った」

「うんうん、浮気男なんて付き合ってても良いことないしね」

「そうだね……」

エリちゃんは大きなため息をついた。キックボードは地蔵の重みで安定しているのかバランスを保って順調に進む。ゆっくりとした足取りとエリちゃんの真顔が相まって、何かの行事めいた感じがする。殿様が乗った駕籠《かご》を丁寧に運びながら通りを練り歩いている。このイベントを、悲しみ行脚と名付けよう。

「あー、あっけない」

「結構長かったよね」

「うん。交際四年、結婚生活一年弱」

「まあ五年いかないくらいか。そっかぁー、結構、痛いね」

「本当だよ、私三十過ぎてるのにさ。今更こんなことになるなんて」

「てか、浮気って言ってたけどさ、旦那さんの浮気相手に心当たりとかあるの？」

「うーん。誰とかは分かんない……。でも浮気ってことは分かる」

「へえ。相手が人間かどうかは？」

「それも分かんない、しゃべらないから」

私には理解するのが難しい。だいたい地蔵が浮気するって何？　エリちゃんの旦那さんとして紹介されなければ、地蔵の性別について意識することもなく生活していた。地蔵の浮気現場ってどんな感じなんだろう。メロドラマみたくありきたりな場面しか私には想像できない。

いつもより早く帰宅したエリちゃん。玄関を開けると、なんとなく室内に違和感が漂っている。旦那さんが居るはずの時間帯なのにリビングの電気もついていない。薄暗いリビングの先に、寝室のドア。隙間から豆電球のオレンジ色が細く漏《も》れている。嫌な予感がエリちゃんの心拍数をあげる。一歩一歩寝室に近づくたびに、扉の向こうでひそひそと会話する声の輪郭が浮かび上がってくる。

ドアの前で立ち止まり、一呼吸置く。ほぼほぼ確定した流れが待ち受けていることをエリちゃんも覚悟しているのだ。

ドアノブに手をかけて禁断の扉を開く。

そこにはベッドに横たわる二体の地蔵。呆然《ぼうぜん》と立ち尽くすエリちゃんに、地蔵達も気付く。「エリ！」と思わず声をあげる旦那さん。裸で横に寝ていた女地蔵は、跳ね起きて反射的にシーツで体を隠す。「ち、違うんだエリ！　これは……」慌てて言い訳しようとする旦那さんを眼差《まなざ》しで制するエリちゃんの目は、猛禽類《もうきんるい》のように鋭く獰《どう》猛《もう》だ。

一方、女の地蔵は開き直る。浮気現場を押さえられたのは迂闊《うかつ》だったが、同時に女としての優越感を覚えているのだ。私だってこの人が欲しい。シーツを巻き付けた体で艶《なまめ》かしく起き上がり、部屋の至る所に脱ぎ散らかされた下着を、ひとつずつ拾い集める。あなたの旦那さんはこんな風に激しく私を抱くのよ。


「うっ、うっふぇん」

危ない。吹き出すところだった。なんとか咳払《せきばら》いのようにしてごまかす。

「大丈夫？」

エリちゃんは健気《けなげ》にも気遣いの言葉をくれた。私がエリちゃんの修羅場を妄想していたというのに、申し訳ない。

「あれ？　サイコなんか笑ってる？」

やばい。

「いやいや！　笑ってるっていうか、あれだよね。笑うしかないっていうか！　こういう時こそ笑ってこーよ、エリちゃん！」

ごまかさなくてはという焦りのせいで、無駄に活発なキャラになってしまう。

「あー、なんか段々ムカついてきた！」

「えっ？　えっ？」

やっぱり笑ったのバレてた？

「だって酷くない？　私は一途《いちず》にやってきたのにさ！」

「……あ、ああ！　それね！　そうだね！　ほんと酷い旦那さんだよ！」

「いきなりポイだよ？」

「新婚なのにね」

「そうよ！　これからの人生どうしてくれんのよって感じだよ。色々、計画してたこともあるのにさ」

エリちゃんの「色々、計画してた」の言葉に、「明るい家族計画」みたいなニュアンスを感じて、また想像してしまう。エリちゃんと地蔵の間に、小さな地蔵が二つ増えて並んでいる図は、かなりシュールだと思う。また笑いそうなのを堪《こら》えるために大きな声を出さねば。

「捨てちゃえ！」

「え？」

「そんな酷い男は、エリちゃんから捨てちゃえばいいよ！」

「……今、捨てにいってるところでしょ？」

「いや、もうどこか適当に捨てちゃうの。元の場所には新しい地蔵が立ってるかもしれないじゃん」

「えー……適当にって言われても……」

「かわいそう？」

「……いや、そうじゃなくて、歩道とかにゴロンと置いとく訳にはいかないでしょ？通る人の邪魔になるし」

　こういうのが逆に謎だ。妙なタイミングで常識的なのが、かえってエリちゃんの異常さを際立たせている気もする。

「じゃあ……ここに投げこんじゃうってのは？」

　私達が歩いている道は目黒川沿いの緑道だ。柵はあるが、二人で持ち上げれば多分いけると思う。

「ああ。川なら……大丈夫かもしれないけど……」

「そうしようよ！」

「大丈夫かな」

「道ばたに置いとくより全然大丈夫でしょ」

「そっか……」

「エリちゃん。復讐だよこれは」

「……復讐」

「そう。一方的に傷つけられてばかりじゃ悔しいじゃん」

「うん。……うん」

「やろう！　ほら！」

もう早く帰りたいというその一心で、私は力強く説得する。地蔵を元の場所まで運ぶのに、あと三十分以上はかかるに違いない。のろのろと進む悲しみ行脚に付き合うのも飽きた。

キックボードからバッグをおろし、新聞紙に包まれた地蔵を手際よく取り出す。

「これは外さないで、そのままがいいよね」

新聞紙を指差して私が聞くとエリちゃんは、

「そうだね」

と小さく答えた。

「はい、じゃあいくよ、せーのっ！」

塊《かたまり》を天に掲げ、よろめきながら柵に近づいていく。地蔵はいびつで指を掛ける良い場所が見つからず、非常に持ちにくい。

「上げて、上げて！　もっとエリちゃん！」

「お、重いよ！」

「この柵の高さまで頑張って！」

エリちゃんのうめき声と共に、地蔵はより高く持ち上がる。月明かりに照らされて地蔵を包んでいる新聞の文字が読めそうなほどよく見える。

「せ――――のっ!!」

だぼん。

低い水音と共に復讐は完了した。旦那さんが沈んだ後の目黒川は大きくうねっている。獲物を飲み込むアナコンダの腹の動きである。

まだ息の荒いエリちゃんの顔を見ると、瞬きもせずに水面を見つめていた。汗が浮いたおでこに月が反射している。

3

世の中には理解不能なものがたくさんある。太陽系の星がバラバラにならずに規則正しく楕円を描いていることも、大豆を発酵させてわざわざ悪臭漂う食べ物を作ることも、ピースな世界を目指して積極的に戦争することも、それから亮介《りょうすけ》が浮気したことも。

なるべく謙虚に生きてきたのにな。欲望を深追いせずとも、亮介がいれば私は満足だった。大学のゼミで出会ってから、順調に愛を育ててきたと思っていたのに。私達の交際の延長線上には、ささやかながらも穏やかで幸せな結婚生活が見えていたはずだ。そのために、就職活動だって一緒に頑張ったし、卒業してすぐに同棲したんじゃなかったのか。

毎週水曜日、お互いの会社がノー残業デイの日は、早く帰って来て晩酌しながら一緒に映画を見ると決めていた。

でも、あの水曜日は違った。

家に帰ると、どこかの部族と見まがうほど目の周りをアイラインで黒く囲んだ女が、ソファの上に置いた私のクッションに座っている。とにかく露出の多い服装で、身にまとっているものすべてが黒い。悪魔か何かを崇拝しているのか？

「誰？」

女にではなく、亮介に聞いた。亮介は、キリリと私に向き直って、

「ごめん」

と言った。

「ごめんじゃないよ、誰なの？」

「ベティ」

亮介が答えた。

「は？」

「ベティだよ」

「……は？」

「それが私の名前だって言ってんじゃん」

女が割り込んできた。どう見ても先祖代々日本人の顔しやがって、ベティと名乗る図太さがもう嫌い。

「でも、思ったより可愛い彼女さんじゃない。私、濡れてきちゃった」

女王様みたいに高飛車に組んだ脚は目の粗い網タイツに覆われている。実用性を無視して、ただ異性を挑発するためだけに作られたその網目に指を絡めながら、ベティは点検するように私を見る。そして、おもむろに言い放った。

「女はブラックホールなのよ」

「……は？」

「なんでも吸い込む巨大な穴なの。分かるでしょ？」

「……え？　……はぁ？」

「あはは、おかしい。そんな顔で見ないでよ。あなたはまだ気付いてないだけ。もっと解放した方がいいわよ。まっとうに生きてたって、ご褒美なんてもらえないから」

「ちょっと……ほんとに意味が分からない……」

「漆黒で、無限で、永遠。素敵よね。この穴は死ぬまで吸い込み続けるのよ、望むものなら何でも」

「あの……」

「死ぬことが怖い？」

唐突に何だもう。身を乗り出し目を見開いて問いかけてきたベティの顔。子供が見たらちょっとしたトラウマになるだろう。死ぬことよりも今はこいつの意味不明さが最も怖い。

「あなたの恐怖だって、私のブラックホールで飲み込むことができるんだから」

「………」

「正直に言ってごらんなさい。私が飲み込んであげる。あなたごと。それで、私になって生きればいいわ。私の穴の中で幸せに暮らす？　ねえ？」

ベティは組んでいた脚を開くと、スカートをまくり上げてこちらに見せた。暗く陰になった奥は見えず、それは底の無い穴に見えた。

私もあれに吸い込まれたら……この瞬間の苦悩も全部ベティのブラックホールに吸い込まれて……とでも言うと思ったか。このキテレツ女が。

すん、と短く鼻を鳴らし私は亮介に向き直った。

「亮介、ちゃんと説明してよ」

「えっと……、でも、だいたい分かってるだろ？」

「いいから！　説明して！」

「いや……、そういうことなんだよ。俺、ここ出てくわ」

「ちょっと、全然、分かんないんだけど！　え？　何なの！」

やだ～こわ～い。とベティが言った。縁取られた目でこちらを見て笑っている。死ね、ゴスパンダ。

「ベティと会ってから、俺、変わったんだよ」

「はあ？」

「世界が急に活き活きして見えるっていう感じ。俺、まだまだ尖《とが》ってるべきだと思うんだよ」

「尖るって何？」

「だから、希望とか捨てるには早過ぎるってことだよ」

「なに？　希望捨ててたの？　私と一緒だとお先真っ暗ってこと？」

「いや、ちがっ……そうだよ」

ベティから注がれる視線を察知して着地した亮介の言葉。方向転換しやがった。

確かに、ここ最近の亮介は様子がおかしかった。キレイめだった服装が一変して、変な柄だらけのアラビアンナイトみたいな服ばかり買ってくるようになった。ピアスを開けたいと言い出したときは、びっくりしたけれど、まあ大人なんだし自分で考えて好きにしたらと答えたが、それからすぐにタトゥーも入れようかなと言い出したときは喧嘩になった。手の甲に不死鳥を入れるだとか熱くビジョンを語っていたが、仕事はどうする気なのか。スーツの袖から不死鳥がはみ出している新人サラリーマンなんて見たことがない。

色々あったけれど、ベティと対面して全て納得がいった。

「で、なに。そのベティと付き合うんだ、これから」

「そ……そういうことだ」

「声震えてんじゃん。バカじゃないの？　え？　いつから浮気してたわけ？」

「……二ヵ月くらい前に会った」

「へえ、二ヵ月前ね。たった二ヵ月付き合って分かったんだ。私より断然ベティが良いってことが！　ねえ！　何年も付き合って同棲までして、うちの親にまで挨拶にきたくせにね！」

「大きい声出すなって。こういうのって、長さとかじゃないと俺は思うから……」

「はい！　分かりました！　さようなら！」

「え？」

「いいから。もう出て行きなよ、その風俗女連れてどっか行って」

ベティを指差して言った。当のベティは、テレビのバラエティ番組でも見るように私達を半笑いで見ている。何を考えているか分からない目だ。瞳孔《どうこう》が開いているようにも見える。

「おい、お前、いま何て言った？」

亮介が私の肩を摑んで揺すった。

「は？」

「今ベティのこと何て言ったかっつってんだよ！」

「痛い！　なんなのマジで？」

「風俗女じゃねえんだよ！　謝れよベティによ！」

「亮介頭おかしくなったんじゃないの!? どう考えても謝るのはあんた達でしょ!」

「うるせえよ! 俺はな、ここを出て行って本当の俺に戻るんだよ!」

「は? 何それ?」

「お前といると俺は死んでるのと同じなんだよ! つまんねえんだよ!」

「は?」

「普通すぎてつまんねえんだよ、お前!」

最後のは絶叫に近かった。昨日までの亮介は誰だったのだろう。目の前で叫びまくるイタい男は、私の恋人じゃない。本当の俺に戻るんだよ、とか自分で言って恥ずかしくならないのか。

聞き捨てならないのはラストのセリフだ。「普通すぎてつまんねえんだよ、お前」

おじゃましましたあ~と言いながら靴をはくベティと、こちらを見もせずサッサと玄関のドアを開ける亮介をぼんやりと見送った。出て行く直前に、ベティが私を振り返り、

「気の強い女って、私大好き。亮介よりもあなたを好きになっちゃいそうだった」

と言い、私の頬にキスを残して去った。

4

褐色に焼けた背中をハイヒールで踏みながら、失望していた。これも違う、こんなんじゃない。

床に這《は》いつくばって悶《もだ》えているのは、エジプト人とのハーフだという実業家の男だ。鍛《きた》えられたしなやかな肉体に、派手なブーメランパンツが食い込んでいる。美しい顔に生まれ、若さもまだ失われず、お金も素敵な仕事もあるというのに、この人はまだ欲しがる。

「背骨を狙って踏んでくれないか」

「痛くないの？」

「いいんだ。もっと強くやってくれよ」

「こう？」

尖ったヒールを打ち込むように背中に振りおろす。ぐっ、と押し殺した声に性的な興奮があることは明らかだ。

「もう一回」

「うん」

ぐっ。

「いいよ。もう一回」

男の要求に応えるように、何度もヒールを打ち込んでいく。

これは聞いてない。

手段を選ばなければ、男と遊ぶことなんて簡単にできる。「出会い」を検索するだけで供給過多なほど選択肢は差し出されるではないか。

それなのに、あんなにたくさんあった選択肢の中から最初に引いたのがコレかよ。

「エーン、エーン」

急に男が声を上げた。芝居がかった泣き声を上げている。

「エーン、エーン！」

「……ど、どうしました……痛かったですか？」

「エーン、エーン。ミルクが欲ちいよう、ママ」

絶句である。男は胎児のように丸まって床に寝ている。アヒル口で泣きながら上目遣いで私を見る。貧乏くじにも程があるだろ。

「ママぁ。早くごはんちょうだいママぁ」

「えっと……」

「ミルク！　ミルク！　エーン、エーン」

内心ドン引いているくせに、この現場から逃げることはできないと思った。こんな状態になっている大人の男を放置しておくことは、目の前で車に撥《は》ねられた人を見殺しにするのよりも辛い。

まごつきながらも、着ているニットをたくし上げ、背中のホックを外してブラから乳房を出す。セックスのイントロダクションとしては私史上前代未聞の演出であるため、何が正しいのか分からないが、つまりこういうことだろう。

「……はい、ミルクですよ……」

「まんま！　まんま！　ばぶう！」

丸まっている男の後ろに跪《ひざまず》いて、頭に覆い被《かぶ》さるように屈《かが》み込んで自分の胸を寄せる。ギュッと目を瞑《つむ》って泣き続けていた男が、私の気配にすがるように後ろを振り返り目を開けた。

「違う！」

「……えっ？」

「違うだろ！　そうじゃない！」

「……な、何がですか？」

「哺乳瓶はどうした！」

「……は？　哺乳瓶ですか……？」

そんなものこの部屋にはない。もしかして、男があらかじめ用意していたのだろうか。片乳を出したままアホのように室内を見回す私を、男はかなり苛立《いらだ》った様子で見上げている。やっぱり見当たらない。

「あー！　もう！　なんで分からないんだよ！　これだよ！　これ！」

「きゃっ！」

辛抱ならんという勢いで床から跳ね起きると、男は私の足首を摑んだ。ハイヒールをもぎ取ると、私の鼻先に触れそうなほどそれを近づけて叫ぶ。

「ほ！　にゅ！　う！　びん！　で！」

「……は……はぁ……」

何なんだこいつは。初めてこんなことになったのに、私に分かるわけないだろ。これが常識だと言わんばかりの態度で押し付けてきやがって。

ハイヒールが好きでたまらないのは分かったが、こちとら不慣れなSMプレイをこなした後、続けざまに赤ちゃんプレイを要求されて面食らっているのだ。「赤ちゃんプレイ」「ママ」「授乳」のキーワードで、この状況下に置かれれば、誰だってこうするに決まっている。とっさにハイヒールを哺乳瓶に見立てて吸わせるなんて高度な解釈ができるはずがない。それでもこいつの願いを叶えてやろうと私は片乳さえ出したのに！

「分かったなら、ほら早くしてくれ。ミルク！」

男が再び元の体勢に戻る。私に背を向けて丸まり、ため息をひとつついて気を取り直すと、エーンエーンと赤ん坊に戻っていった。

皮膚の張った背中には、さっき私が踏みつけた跡が赤く残っている。かなり力まかせに踏んだから、擦《す》りむいたように皮膚が剥がれているところもある。血がにじんで盛り上がったヒールの跡は痛々しいが、癒してやりたいとももう思わない。

「ママぁミルク！　ミルク！」

「……産まなきゃ良かった」

思わず口をついて出た「セリフ」に自分でも少し驚いた。私の言葉を聞いて、男もきょとんとしている。

「……あんたみたいな子、産まなきゃよかった」

はっとして男が赤ん坊のまま振り向く。

「……あんたが生まれたせいよ。あんたみたいな出来損ないが」

「……ま、ママ？」

「欲しい時にミルクが貰えて良かったでちゅね。好き勝手に排泄して、後片付けは全部ママにやってもらって、最高の人生でちゅねー」

「……え？　……マ……」

「ママはね、あんたを可愛いと思ったことなんて一度もないんですからね。ワガママなあんたを捨てて人生をやり直そうと思うの」

「……あ……」

男の目は見開かれたまま瞬きもない。どんどん涙が溜まって、水面のように綺麗だ。

「ミルクもあげません。おむつもかえません」

「……ママ……」

「お風呂も、子守唄も、おやすみのキスも全部今日でおしまい！」

「……ママ！」

「ママじゃない！」

しがみつこうとして膝に伸ばされた手を払いのけて私は立ち上がった。

「私はあんたのママじゃないって言ってんでしょ！」

「……待って！」

「待たない！　あんたの世界を押し付けないで！」

「嫌だ……行かないで」

「赤ちゃんごっこの続きはひとりでやってよ。ほら、この靴返すから」

「嫌だ！　……嫌だよ！　ママ！」

「ちょっと！　やめて！　離してよ！」

「僕を捨てないで！　ママ！」

「なんなの！　引っ張らないでよ！　離して！」

「ぎゃあああママァァァー」

「素晴らしい気分だ」

と、男が言った。

褐色の長い手足を奔放《ほんぽう》に開き、まだ起き上がらない。柔らかな芝の上でピクニックを満喫している人のように天を仰いでいる。床に吐き出され、男の隣で乾燥してゆく精液を、この後誰かが片付けるのだろうか。可哀想に。

「いつもこんな感じなんですか？」

「ん？　……ああ、僕かい？」

「……はい」

「そうだよ。変わってるよな」

「……かなり」

「ははは、正直でいいね」

男は、発光しそうなほど白いセラミックの歯を覗かせて、感じよく笑った。さきほどまで泣き叫んでいた赤ん坊と同じ人物とは思えない。

「初めてで……よく分からなかったんですけど……」

「良かったよ。最高だった」

「……そうですか」

「こちらの想像を超えてきた数少ない女の子だよ、君は」

「はぁ」

「クリエイティブだったし、とてもスリリングだった。ママに置いていかれるかと思うと、胸が締め付けられて、すごく興奮したよ」

「それなら良かったです」

「君、ボーイフレンドはいるの？」

「……いません……」

「そうか。これからも時々会えたら良いと思うんだけど、どうかな？」

「……それは……どうでしょう……」

「まぁ、君が良かったらでいいんだ。考えといてくれるかな」

返事はしなかったが、男は「イエス」と小さく呟いて勢いよく床から跳ね上がった。

「あ、僕はシャワーを浴びるけど君は？」

「大丈夫です。このままで」

「そうか、じゃあ君はゆっくりしていてくれてかまわないよ」

こちらに向かってあらためて感じよく笑うと、引き締まった尻を隠すこともなく颯《さっ》爽《そう》とバスルームへと消えた。

私は何をやっているんだ。派手に夜遊びする癖もなく、無駄な守りの堅さで女をやってきたが、貞操なんて概念を木っ端《こぱ》みじんにしてやろうと勇んで臨《のぞ》んだ今日だというのに。出しっ放しになっていた自分の片乳をしまいながら、男がシャワーから上がる前にこの部屋を出て行こうと決めた。

5

泥酔していたはずだが、記憶はある。新宿駅の東南口から少し入った路地を歩いていたときのことだ。まだ飲んでいたくて、次の店を探してひとりさまよっていた私に、路上の占い師が話しかけてきた。

「ちょっと、あなた大丈夫?」

すごい格好だな、と思った。紫色のドレスを着て、その上から紫色のストールを掛けている。さらに、髪の毛まで紫色に染めているではないか。おまけにかなり太っていて、全てが丸い。

「おっ、出たな。妖怪ムラサキ芋」

酔っぱらっていて、どうでも良い気分だった。やけ酒の見本と言ってもいいくらいに悪酔いしていた。無差別に暴言の詰まった水風船を投げつけて逃げたい。

「何言ってんのよ、どうしたの、そんなに酔っぱらって」

「まだ大丈夫だってば」

「危ないよ、若い女の子がそんなになって」

「すごい紫。すっごい紫だね、おばちゃん」

「そうね、はいはい。ちょっと座んなさい。この椅子使っていいから」

悪態をつく私を簡単にあしらいながら、占い師は座るように促した。私はあんがい素直に座ったと思う。

「あなた家は近いの？」

「近いですよ〜」

「そう。まあ近くても、タクシー捕まえた方がいいと思うけど」

「いや！　まだもう少し飲んでからでいいです」

「もう、危ないから。近いならお家《うち》に帰ってから飲めばいいじゃない。これ以上出歩くと危ないから、ね？」

「あの家には帰りたくないの！」

占い師は少しの間黙って私の様子を見ていた。シラフだったら耐えられない沈黙と凝視だと思うが、平気だ。

「何ですか～？　そんなにまじまじと見ちゃって」

「あのね、あなた。すごく乱れてるわよ、相が。顔に出てるの、もっとよく顔見せてごらん」

「乱れてる？　当たり前じゃないですか、乱れもしますよそりゃ」

「うーん……」

机の向こうから身を乗り出し、私の両頬を支えるように包み込むと、ちょっとずつ角度を変えて点検するように見てくる。

「ちゃんと占った方がいいかもね、お嬢さん」

「えー、ぼったくるんでしょ？」

「あはは、何言ってるの。そんなことしないわよ。特別に千円で見てあげる」

ちゃっかりお金は取るんだな、と思ったが、何を言われるのか興味も湧いてきたので、財布から千円を出して渡した。

占い師は紙とペンを出して、名前と生年月日を書くように指示する。書いて渡すと、辞書のような分厚い冊子を開いて、私の生まれ年や字画を調べ始めた。

その様子を眺めながら、もうこのおばちゃんに全部決めてもらってもいいや、と思った。人生とか面倒くさい。

すごく良い感じで進んでいたと思ってたのに。それなりに努力もして積み上げてきたのに、なんだよベティって。あー疲れた。

「あなた……これ、言っちゃっていいかしら？」

「なに？　もう結果出たの？」

「まあ、出たは出たけどねえ。ちょっと言いにくいわね」

「それって、すごく悪いってことっしょ？」

「うん……そうね。このままだとね」

「いいよ、いいよ。全部教えて下さい」

じらさずに早く教えて欲しい。私はこれからどんな不幸な人生を歩むのか。占い師は眉を下げ、いかにも「かわいそうに」という表情で私の手を取った。

「あのね、言っていいのね？」

「うん」

内緒話をするように顔を近づけてきて、こう言った。

「あなた、一年後に死ぬわよ」

耳元で囁《ささや》かれた衝撃の言葉にぎょっとして跳ね退《の》いた。一瞬で酔いも醒めた。

「マジですか……？」

占い師は声を出さずにゆっくりと頷いた。さあどうする、と問うているような顔つきで。

「ウケる」

言いながらもう笑っていた。私、一年後に死ぬのか。いやもう笑うしかないだろ。唐突過ぎ。

ケタケタ声をあげて笑い始めた私を見て、心配になったのか占い師はもう一度強く私の手を取って、

「大丈夫？」

と言った。

「大丈夫、大丈夫。なんか面白くなってきちゃって」

「ダメよしっかりしなくちゃ。でもね、占いだからこれは」

「うんうん」

「今現在のあなたを見てそういう結果になったってだけのことなのよ。未来はね、自分の思いで変えられるんだから」

「あれ、そうなの？」

「そうよ。悪い気を追い払うことが出来れば、おのずと先が開けてくるものなの」

「……悪い気？」

「そう。今のあなたには、どんよりと雲がかかっているから。それを浄化すれば大丈夫」

「あははははは、ちょっと待って、笑いが止まらなくなっちゃった。それで、どうすればいいの、私は」

「パワーを貰うのよ。自然のパワーを借りるの」

「……うん？」

「今のあなたはすごく気持ちが弱っているから、それを助けてくれるものが必要なの」

そこで占い師は一旦手を離すと、机の下に屈んで何かを引っ張り出した。目の前に置かれたのは、紫色の小さな巾着袋だった。太い指で口紐を解き、中から小さな石を取り出した。ビー玉みたいに透明な丸い玉だ。机の真ん中にそれを置いて、私に向き直った。

「大地のパワーを……」

「もういいです、その先は」

さえぎって言い放ち、椅子から立ち上がった。よし、帰ろう。

「ちょっと待ちなさい。ちゃんと聞いてちょうだい、大事な話だから……」

「つまらん！」

そう言って立ち去る私を見送る占い師は、らんちゅうそのものだった。いびつな肉団子の真ん中にぽかりと開いた口。

6

この話をするたびに、エリちゃんは手を叩《たた》いて笑う。何回も話して聞かせたので、私自身はもうあんまり笑えないのだが、エリちゃんがあまりにも楽しそうに聞くので、お願いされたらちゃんと初めから話してあげる。

「あのビー玉さえ出てこなければ、もっと良いんだけどねー」

そして毎回、私と同じことを言う。

「まあ、そこがこの話の良さでもあるけどねー」

その意見も私と同じだ。

死の予言は、皮肉にも私を生き返らせた。亮介の言っていた本当の自分って、まさかこのことじゃない？　と思うほど私は変わった。

人が占いに頼るのは、自分の決断に対する後押しをしてほしいからだという話を聞くが、それは本当かも知れない。私の場合は、自分から占い屋に出向いたわけではないけれど、同じようなもんだろう。

死ぬと言われた日から、私は思いっきりグレた。せっかく就職した輸入食品の卸会社も辞めたし、亮介と付き合っている間は止《や》めていたタバコを再開した。努めてコンサバだった服も全てゴミに出してしまい、貯金を下ろしてハイブランドの黒い服を買いまくった。ベティよりも上等な黒い女になる、というアホらしい目標設定の下に。もうグレたくて仕方なかった。

今となっては分かりやす過ぎる当時の自分を笑い話にもできるが、その時は真剣そのものだ。「まっとうにグレる」という矛盾した図式にも気付かず、一心不乱に奇行に走った。

「普通すぎてつまらない女」というレッテルはかなり不名誉だと思ったけれど、それを覆すには、私はやはり普通過ぎた。だから、せいぜい酒に溺れるくらいしか方法がなかったわけだけど、あの日偶然受け取った「余命一年」という言葉によって、吹っ切る覚悟が決まった。

どうせ一年後に死ぬ。それなら何も怖くない。恥ずかしくても、情けなくても、消えてなくなるのだから。

ぱっかーん！　と自分の中で開く音がした。これからは全てに寛大、全てに無関心、全てに親切でいられる。死を引き合いに出せば、どんな冒険だって怖くない。

楽しかった。心の向かう方へ歩いて、色んな人と会った。裸で暮らすことを信条とする人々と島に移り住んで生活した時期もあった。コンテンポラリーダンサーと付き合って、私のために作ったという舞を十時間以上見せられたこともある。自分を宇宙人だと信じている友達もいれば、小麦粉以外の食物を全く受け付けないという変わった体質の知り合いもできた。

毎日が絶頂だ。進めば進むほど周りにいるのはおかしな人間ばかりで、私はやっぱり普通だった。でも、彼らから見れば、かえって私の方が異質なので、私の願望は充分に満たされたのだった。そんな生活の中で出会ったのがエリちゃんだった。

「食べる？」

振り向くと、エリちゃんが梨を剝《む》いていた。ペティナイフを使って、器用に剝いてゆく。確かあのナイフはエリちゃんの元カレだ。

ひとつ受け取って口に入れると、よく冷えていて美味《おい》しい。

指先から水分をしたたらせながらエリちゃんもひとつ頬張った。

「甘いね」

にっこりと幸せそうにこちらを見た。「かわいい女」で間違いないじゃないか。エリちゃんはかわいい。三十過ぎててもかわいい。梨を剝いていてもかわいい。それを食べてもかわいい。

だけど、決定的に壊れている。私はそれを少し残念に思う。

エリちゃんが普通だったら、今ごろはまあまあお金持ちのハンサムな男性と結婚して、子供も二人くらいは生まれているだろう。新築の分譲マンションを買って、いつも白いサモエドが走り回っている。サモエドの口からはみ出したピンク色の舌が、呼吸に合わせて出たり引っ込んだりするのを見ながら、私は梨を貰って食べているはずだ。

だが同時に安堵《あんど》している自分もいる。確かに、エリちゃんは友達だ。多少面倒なところはあるけれど、一緒に暮らしていて大きな不満もないし、優しいから好きだ。幸せになってほしいとも思う。しかし、意識と無意識が接している余白みたいな場所で、私は「くわばらくわばら」と呟いている。私はエリちゃんほど狂気に呑《の》まれてはいない。心の中で「かわいい」エリちゃんを、「かわいそう」に放り込んで情けをかけてやる。そうして優位な場所から彼女を可愛がるのだ。

「次の恋のご予定は？」

唐突に聞いてみる。

「えー急になにー？」

「ないの？　そういう予感」

「えー？　うーん……」

シャリシャリと梨を嚙《か》みながらエリちゃんは少し考える。間があるということはつまり、「いない」と即答はできないということだ。

水分を含んだ唇で微《かす》かに笑っているエリちゃん。地蔵と別れて、ほどよく時間も経ったころだし、新しい恋が芽生えていてもおかしくはない。次はポストか？　それとも東京タワー？

「うふふじゃなくて教えてよー。エリちゃーん」

「うふふ。だってさぁ〜」

「だって何」

「言っちゃって良いのか分からないんだもん」

「ダメな理由が分かんない」

どん、と衝撃の後に世界が反転した。床に座り込んだ私は、エリちゃんにどつかれて後ろに倒れたのだ。ひっくり返った私のお腹の上に、エリちゃんが乗っている。起き上がろうとする肩を摑まれ、再び床に押さえつけられた。エリちゃんの目が、何かを言おうとしている。

「私が好きって言ったら、困る？」

絞り出すように一言、エリちゃんは言った。私はしばらく頭の中でエリちゃんのセリフを反芻《はんすう》していた。何かがおかしくないか？

「……は？　……エリちゃん、私のこと好きなの……？」

「……たぶん」

「え……私、人だよ？」

「知ってる」

「それに女だよ？」

「知ってる」

「それに……」

「そんなの、どうでもいいでしょ」

私の言葉をさえぎって切り返すと、エリちゃんはそのまま私の上に倒れ込んできた。唇に体温を感じる。ついばむように二回キスをした。

事件が起こりすぎている。よく考えるべきことばかりなのに、集中することができない。体から抜け出した意識が、三メートル上空から私とエリちゃんを見ている。どうする、サイコ。

私から何らかの言葉を聞くまでは、意地でも動かないぞという感じのエリちゃん。長い髪が私の上に覆い被さって小さなテントみたいだ。外界と私達の世界を区別するボーダー。

手を伸ばして髪の片側をかきあげ、耳に掛けてやる。私は確かめなくてはならない。頭がおかしいのはエリちゃんの方なのか、それとも奇妙なリズムで心臓が高鳴るのは私がおかしくなったせいなのか。

垂直に落ちてくるエリちゃんの視線。ぶすりぶすりと私の皮膚を貫いて、内側に毒が広がる。対物性愛と言っていたくせに、この間まで地蔵とセックスしていたくせに、私のことを大切な「お友達」だと言っていたくせに、あまりにも気まぐれにその意見を変えてしまったエリちゃん。

正直、ついていけない。不明瞭な部分が多過ぎる。そして、それは私がずっと憧れていたものだとも思う。全ての奇人達が持っている素敵な意味不明。

これはチャンスじゃないか、と三メートル上空のサイコが言う。

踏み外してよろしいでしょうか、と地べたのサイコが言う。

もう戻れないけれど、と三メートル上空のサイコが言う。

さよなら、と地べたのサイコが言う。

さよなら、と三メートル上空のサイコも言う。

そして、「エリちゃん、もう一度キスして」と地べたのサイコが言う。

7

今夜は綺麗な紺色だ。この色の夜は東京によく合う。高層ビルの壁に取り付けられた赤い光。あれは確か飛行機なんかがぶつからないようについていると聞いたけれど、私は「目」と呼んでいる。ポスターカラーみたいにマットな感じでなく、今夜みたいな水彩画の紺色の中で、あの目は一番輝く。らんらんと重なり合って浮かんでいる東京の目。化け物。

占いも捗《はかど》った。駅前を陣取って六人の客を見た。気分が良かったし、六人が全員絶望的な覇気のなさだったので、労《ねぎら》いの意味もこめて明るい未来を差し出しておいた。

商売道具のテーブルと椅子を両脇に抱えながら家へと歩く。エリちゃんはもう帰っているだろう。ご飯はあるかな。住宅街は静かで、私のテーブルと椅子が立てる音以外はなにもない。

古い家を取り壊して空き地になっていた場所に家が建つようで、数日前から工事をしている。昼間に通りかかった時は、作業着の若いお兄ちゃんが数人、重機を使って基礎を造っていたようだが、今はブルーシートが掛けられてその進捗状況は分からない。

そこに停められているユンボのあたりで何かが動いたように見えた。黄色の小さなユンボだ。

猫かも知れないと思い、少し足を止めて暗がりを凝視する。

向こう側を向いているショベルの陰から、白いものが見え隠れする。耳を澄ますと物音に混ざって、激しい呼吸音のようなものも聞こえる。猫だとしたら相当でかい。

恐ろしい気もしたが近づいて敷地の中へ一歩足を踏み入れる。

音を立てないように忍び足で近づいていく。五メートルも近づくと、もう確実に生き物がいると確信できた。荒々しい呼吸。

暗闇に目が慣れてから、私は息を呑んだ。

裸の女だ。降ろされたユンボのアームに絡み付くように抱きついて、上下に体を擦り付けている。くるぶしソックスだけを身につけていて、全裸でいるよりも圧倒的に恥ずかしい。時々、小さな声でユンボに何かを囁きかけているようだ。ポールダンサーのように腰を波打たせて、女の興奮は高まっていく。

無我夢中で重機に口づけ、黄色いボディを舐め回している女に、私は見覚えがあった。

「……エリちゃん……」

一瞬、エリちゃんも息を呑むのが分かった。言葉にならない声が聞こえてくる。ユンボの陰から裸のエリちゃんがこちらに飛び出す。私の声で反射的にそうなってしまったようだ。彼女も酷く驚いた様子で、全裸なのを忘れているのかそのまま固まってしまった。ユンボが二台に増えたみたい。

「エリちゃん……こんな場所で何してんの？」

「…………」

「しかも真っ裸で」

「……ごめんなさい」

「え？」

「……セックスを……してました」

「うん……ここで？」

「はい」

エリちゃんの視線の先にはユンボがあった。そうか、やっぱりそういうことだよなと納得し私は笑ってしまう。

「パンツ穿《は》きなよ。それとも途中で邪魔しちゃったかな？」

「……怒らないの？」

「いいからまずパンツ」

「はい」

叱られた子供のようにションボリと肩を落とし、地面に落ちていたパンツを穿くエリちゃん。

私達がキスをした夜から、どれくらい経っただろうか。

エリちゃんの弾力も、匂いも、絶頂が近づくと出る短いスタッカートの声も、私の日常になろうとしていた。お互いに何が正しいやり方なのか知らなかったけれど、私からすれば男に抱かれるときとさほど違わないように思えた。プラスチックケースや地蔵とセックスしていたエリちゃんはどう感じていたか知らないけど。

ベッドでも、ソファでも、玄関でも、私達は好きなときに好きなように求め合った。エリちゃんの体が、自分のものと入れ違いになったように感じることもある。私のより少し大きいエリちゃんの胸を撫でると、エリちゃんの呼吸が私に伝わって私まで気持ちよくなる。

エリとサイコの境界線がなくなって、二つの頭と四つの乳房、二つの性器と四本の手と足を持ったひとつの生き物になるとき、寂しいような幸せなような、何とも言えない気持ちになる。その感覚が癖になって、私達は何度も交わった。エリちゃんに依存して生きていくことになりはしないかと少し怖くなる夜でも、私は求めることを止められなくなってしまっていた。

だけど、この関係を言葉で確認し合うようなことは一度もなかった。誰に咎《とが》められる筋合いもないのだが、どうしてか秘密にしなくてはならないような、私達ですら気付いていないフリをしなくてはならないようなムードが漂っていたのだ。

「ごめんなさい」

「だから何が？」

「……こういうことして」

「別にいいじゃん。エリちゃんは元々そうなんだから」

「でも私……」

「私達、別にただの友達なんだし」

「………」

「帰ろう、エリちゃん。私お腹すいたよ」

小さく、そうだね、とエリちゃんが言った。私達はただの友達。それ以上でも以下でもない。これまで呼び名のなかったサムシングに私はあらためて「友達」と名前を付けた。

だって、そうするしかないだろう。私達の関係は、もう恋人とかそんなもの飛び越えたところにあるかも知れないと考えたこともあったけれど、口に出さずにいたのが幸いだ。もしもエリちゃんを正式に恋人だとしていたなら、私は今夜「恋人をユンボに寝取られた女」に改名させられるところだったのだ。ふざけんなよ。

家までの帰り道、無言で隣を歩いていたエリちゃんの鼻がグズグズと鳴り始めた。本人は必死で堪えようとしているのだが、溢れ出る鼻水の音はごまかせなかった。

「何で泣くの？」

「……だって……だって……」

「私に見られて恥ずかしかった？」

「それもあるけど……」

「けど何？」

「サイコを傷つけたんじゃないかと思って」

「別に傷ついたりしないよ」

「それなら良かった」

「あのさ、そんなに大したことじゃないんだけどひとつ聞いてもいい？」

「うん？　なに？」

「エリちゃん、私以外の人間と寝たことある？」

「ないよ？　どうして？」

「じゃあ、なんで私は大丈夫だったの？　人なのに」

「何でだろう。でも、サイコは……悪い意味に取らないでほしいんだけど、お人形みたいっていうか……私が好きになってきたモノと似たところもあって……本当に悪い意味じゃないの」

「……そっか」

「やっぱり私おかしいよね？」

何を今更。仮に百歩譲って、野外で裸になる所までをギリギリ「普通」に分類するとしても、ユンボとセックスする女は確実に圏外だ。そんな切ない顔で泣きながら確認してくるまでもない。

「……こんなのが側に居て迷惑でしょ、サイコ」

「そんなことないよ。私もエリちゃんにはお世話になってるじゃん。色々」

「絶対に迷惑だよぉ……」

エリちゃんはついに明らかな泣き声を上げた。だけど、私は何も言わずに歩いた。たとえ迷惑だろうがなんだろうが、エリちゃんはきっと変われない。人間を克服したから私とセックスできたのではなく、私の中に無機的なモノを見出して錯覚していただけだ。ダッチワイフと大差ない。

どこかの家から、とんでもなく大きなオッサンのくしゃみが聞こえる。ああ、どうして中年のくしゃみはあんなにでかいのか。あれはどうやったって仕方のないことなんだろう。オッサンだって普段は節度ある音量でしゃべっているではないか。実際にくしゃみが出てはじめて——こんなに大きな音を出せるのか、俺——と驚いたような顔をする。そしてすぐに忘れて次のくしゃみまで静かに暮らす。

エリちゃんの性癖もオッサンのくしゃみも同じ。発作的に起きる爆発だ。そのポテンシャルはずっと体の中にある。

そんなことを考えて歩いていたら、いつの間にかエリちゃんが隣にいない。立ち止まって振り返ると、十メートル後ろくらいにエリちゃんも立ち止まって私を見ている。泣き過ぎたせいか、たまに横隔膜が痙攣《けいれん》してフガフガと豚みたいな音を出している。


「サイコ」

「どしたの？」

「私、普通になりたい！」

「無理だよ」

「何で？　……頑張っても無理かな？」

「うん、エリちゃんには絶対無理」

「どうして絶対とか言えるの？」

絶望した顔で立ち尽くすエリちゃんに駆け寄って、耳元で「絶対」の理由を教えてあげた。

「エリちゃん。エリちゃんは一年後に死ぬよ」

東京回遊

赤、銀、銀、白、パールがかったゴールド、黒、青、ボルドー。

通り過ぎる車の色に規則性はない。大通りは混雑しているが車達は滞《とどこお》りなく流れてゆく。

上田恵《うえだめぐみ》は手を挙げた。長身の体から伸びた腕は避雷針のように高く真っすぐだ。流れの奥から恵を見出した一台のタクシーが、ウインカーを出してこちらに車を寄せた。

「どうぞ。気を付けてお乗り下さい」

初老の運転手が奥から声をかけ、恵はドアの隙間に体を滑り込ませる。運転手がレバーを操作して後部のドアを閉めると、大通りの喧噪《けんそう》は外へと閉め出された。車内には芳香剤の微《かす》かな香りが漂っている。それとも柔軟剤だろうか。とにかく中年の体から発される、あの油粘土のような匂いに満ちていなかったことで恵は安心する。

「どちらまで?」

運転手が尋ねる。バックミラー越しにこちらを見遣《みや》る顔は穏やかで、眼鏡を縁取る金のフレームの丸みが優しげな印象を深めた。

「行き先は決めていないの」

と恵が答える。どこへ行こうにも恵は東京を知らない。

「と、言いますと？」

運転手は不思議そうに聞き返した。

「うーんと。そうね、じゃあオススメでお願いします」

「え？　私のオススメの場所ということですか？」

「はい、適当で良いですよ。運転手さんにお任せします」

「はあ……しかし適当と言っても色々ありますよ」

「例えば？」

「そうですね、東京タワーもあればお台場もあるし、今の時期だと六本木のイルミネーションも綺麗ですけど。美術館なんかもありますが、この時間じゃ開いてるところはないかも知れませんね」

運転手は他にもいくつか観光地を挙げたが、夜の七時からでは楽しめる場所は限られている。しかしそもそも恵に目的地はない。停車したままの車内で悩み込んでしまった運転手を気の毒に思い恵は言った。

「じゃあ街の風景を見ることにします。さっき運転手さんが言ったイルミネーションとか東京タワーとかそういうやつでいいので、ぐるっと一時間くらい華やかな所を回って下さい。降りる場所もそのうち決めますので」

そうですか？　と眉を上げてミラー越しに了承の目線を送り運転手は車を発進させた。

「お客さん、本当に適当に回りますけど大丈夫ですか？　ルートの指定があれば先におっしゃって下さいね。料金のこともありますし」

念を押すようにそう言った運転手の気持ちを察して、

「大丈夫です。何処へ行っても同じだし、どうせ暇つぶしなんです。料金はきちんとお支払いしますので」

と答えた。唐突に言いつけられた奇妙な注文を運転手は訝《いぶか》しがっている様子だったが、後出しジャンケンはしないと恵が約束すると安心したように車線変更をした。先ほどよりもスムーズに車は流れ、その快調な滑りはシートを通して恵の体に伝わる。

何処へ行っても騒がしい都会からしばし離脱できるということがありがたい。

東京は恵の望むような非日常を与えてはくれなかった。トレンドにもイベントにも溢《あふ》れた刺激的な場所だが、こうしてガラス一枚隔《へだ》てて眺めているくらいがちょうどいいのかも知れない。

田舎の生活に耐えきれず突発的に和歌山を飛び出して来たが今頃夫はどうしているだろう。仕事を終えて家に帰った頃だろうか。書き置きも残さず消えた恵を心配して実家に電話を入れたりしているかも知れない。

昨晩の言い争いは「出て行く」という恵の一言で止まっていた。夫は返事もせずに席を立ち寝室へ消えて行った。それは終戦というよりも放棄だ。物事は何も解決しないまま宙に放り出されている。でも恵にはどうすることも出来ない。これまでにも散々悩みながら試して来たのだ。

結婚して二年。他人から見ればまだ新婚のうちに入るだろう。どの夫婦にも多少の喧嘩くらいはある。自分で決めた相手なのだしある程度のことは我慢してやっていこうと心に決めたけれど、夫婦になってからこの二年間、夫が一度も恵を抱かないことについてはこれ以上耐えられなかった。一体何が不満だと言うのだ。

私立中学の英語教師をしている夫の赴任先に付いて来る形で和歌山に移住した。福岡を離れ田舎で専業主婦をすることは嫌でしょうがなかったけれど、一緒に来てくれないのなら別れようとまで夫が言うので渋々従ったのだ。恵自身、自分の夢を追いかけることにも頭打ちが来ていると感じていたし、大学時代の友人達が次々と結婚し子育てを始める様子に焦ってもいた。

新居としてマンションを選んだことも、都会での生活を諦められない気持ちの表れだったと思う。そもそもマンション自体が少ない街なのだ。ほとんどの新婚夫婦が土地を買い一軒家を建てることを選ぶ。けれどそんなものを構えてしまえば一生和歌山に縛り付けられる気がした。

夢のマイホームを持ちたがる夫にあれやこれやとマンション住まいのメリットを吹き込んで説得し、本当は駅前二分の新築マンションが良かったところを徒歩十五分のものに妥協してようやく落ち着いたのである。もしもチャンスが巡って来た時は売り払ってしまえばいい。

初めから抵抗のあった田舎暮らしだが、せめて家庭内の関係だけでも上手くいっていれば、それなりに満足して暮らせたのかもしれないと恵は思う。

和歌山に来る前から二人は半同棲のような形で生活していた。福岡市内の安いアパートだった。夫は塾講師として働きながら教員になるため採用試験の勉強を続けていたし、恵は個人経営の小さな芸能事務所に入りチラシのモデルなどをしていた。生活費の足しにしようとアルバイトも掛け持ちしながらの生活だ。

お互いに忙しかったけれど、それぞれが目標に向かって充実した日々を送っていたと思う。仕事を終えて帰って来る彼のために夕食をこしらえたりワイシャツにアイロンをかけてやることも、どこかままごとめいていて楽しかった。

夫は恵のやることにいちいち感心し「良いお嫁さんになるよ」などと言って喜ばせた。お互いの予定を摺《す》り合わせてデートもしたし、どんなに疲れていても週に一回は時間をかけてゆっくりとセックスを楽しんだ。

それなのに。

夫が念願叶って教員になり幸せな結婚生活が訪れるばかりと期待していたが、待ち受けていたのは思い描いたものとは随分かけ離れた生活だった。

塾講師の経験があるからと得意げになっていた夫の自信は三ヵ月も経たないうちに木っ端微塵《みじん》に打ち砕かれた。

ちょっとした冗談で生徒達の心を摑んだり、文法を暗記するためのおもしろおかしい語呂合わせを知っているくらいでは学校教師など務まらない。

移り気でデリケートな少年少女達と、常識はずれな苦情を持ち込む保護者達、それから無責任な教科主任に翻弄《ほんろう》される日々が続き、夫は目に見えて憔悴《しょうすい》し始めた。挙げ句サッカー部の顧問まで任されて放課後の自由も無くなった。

日に焼けて乾燥した唇で「ただいま」と帰って来る夫の体には少しのエネルギーも残されていない。綺麗に片付けられた部屋を見て感激する気力も、夕食のハヤシライスに隠された工夫を尋ねてみる気遣いも、風呂上がりの体に魅惑的なコロンをふってベッドで待つ恵に応える体力も当然残ってはいないのだ。

慣れない教師生活に疲弊する夫を初めは理解しようとした。夫に養って貰っているのだし妻として何かしたいと思うのは当たり前のことだ。家計に余裕があるとは言えなかったが、その中でやりくりして精のつくものを食卓に並べたり、床に就く前にはラベンダーの香油で脚を揉《も》んでやったりもした。見返りなど望んでいなかったが、さすがに一年もそんな日々が続くと、感謝の言葉さえ寄越さない夫に腹が立ってくる。

専業主婦とはいえ何もしていない訳ではないのだ。社会に出て労働の対価として賃金を貰える方がよっぽどいい。家庭のために夫のためにと日中こなしている家事の全てが、「当たり前のこと」として簡単に見過ごされることにも耐えられなかった。

せめて愛情の跳ね返りがあればと思う。

夫と出会う前に恵は数人の男性と交際した。学生時代から恵はよくモテたのだ。

熱烈なアプローチをしてくる人だって割といたけれどいつでも選ぶ権利は恵に与えられていた。素敵だと思える人がいればデートすることもできたし、もちろん断ることもできた。

交際が始まると、どの男も恵を自慢の彼女として扱い、誇らしげに隣を歩かせた。こちらが特別なことをしてやらなくても、彼らは恵が居てくれるだけで感謝し、高級なプレゼントで愛を具現化することも忘れなかった。愛は有り余るほど側にあった（時に鬱陶《うっとう》しいほど）から恵はそれを受け入れるだけで良かったのだ。

夫へ尽くしたことの見返りに愛を要求するなど今更という感じもする。異性からの気持ちを粗末にしてきた罪な青春時代への罰なのだろうか。

結婚生活が一年を過ぎた時、思い切って夫に気持ちを打ち明けたことがある。日々の細々とした不満はとりあえず置いておいて一番重要な問題、夜の生活について恵の思いを話した。結婚式を挙げて以降一度も、このマンションへの引っ越しに合わせて買った新しいベッドの上で一度も、自分達が男女の交わりを持たずにきたことを不自然に思わないのかと。

夫は黙って話を聞いていたが深くため息をつくと、

「俺の身にもなれよ」

と答えた。疲れきった自分からまだ何かを奪おうとするのかという恵への批判を兼ねた言葉だ。夫はわざとらしくため息をつく。何か言い返さなくては。

「でも、お義母《かあ》さん達の目もあるし。そろそろ作らなきゃだと思うの」

実際にそうだった。交際している時には「結婚はまだか」と急《せ》かされ、いざ結婚してみると「子供はまだか」と言われる。恵の両親もそうだが夫の母親も何かにつけて電話を寄越しては最後にそれとなく孫について言及するのだった。自分が受けているプレッシャーを引き合いに出せば、夫も少しは分かってくれるかも知れない。

実のところ恵自身には子作りに対して意欲的になれないところがまだある。そうしなくてはいけないと思う度に、母親になることを世間に強要されているようで窮屈に感じるのだ。

しかしそんなことを言っている場合ではなかった。自分から夫へ性交渉を投げかける身として大義名分が必要なのだ。

「子供ねえ。まあそろそろだとは俺も思うけど」

「そうでしょ。電話が掛かってくる度にそのことを言われて私もつらいのよ」

「でも俺だって毎日仕事でくたくたなんだよ」

「分かってる。けど私だっていつまでも若いわけじゃないのよ。体力のあるうちに一人目を産んでおかないと」

「なあ、男ってのがいつでもお手軽に欲情すると思ってないか？　体がしんどいとそういう気分にもならないんだよ全然」

また深くため息をついた夫を恵は睨《にら》みつけた。結婚する前は「男というのは体が疲れている時ほどかえってムラムラする」などと言っていたくせに。先に寝ていた恵を起こしてまで興じることもあったではないか。

心の中で渦巻く反論をどうまとめたものかと黙って考え込む恵に、早く話し合いを終らせたい夫が提案をする。

「分かった。じゃあ前もって教えといてくれよ、そういう日を」

「そういう日？」

「うん、あるんだろ？　危険日だか排卵日だかちょうどいいタイミングみたいなのが」

「……あるけど」

「先に教えてくれれば俺もその日は気にかけとくから。な、それでいいだろ？」

言葉の出ない恵を気にもかけず夫は席を立った。

天井から下がった照明がスポットライトのように食卓を照らしている。夫はそこからすっと抜け出して舞台袖に下がっていった。円錐形《えんすいけい》の光の中にひとり残された恵は

「そういう日」と小さく呟いた。

「お客さん、街並みが見たいのなら下道で行った方がいいと思いますけど良いですか？　首都高に乗っちゃうとほら、壁があってあまり景色は見えないから」

運転手の言葉にハッとして周りを見回した。

車の群は相変わらず色とりどりのライトを光らせながら流れている。大通りの両側にはビルや百貨店が立ち並び、ショーウィンドウやガラス窓の向こうにも贅沢に光が満ちていた。

「下道で大丈夫ですよ。こうして様子が見えた方がいいので」

「かしこまりました」

低く穏やかな声で運転手は応えた。高級ホテルのドアマンのように慎《つつ》ましく上品な話し方に恵は好感を抱く。車内の清潔な香りに交ざって時折届く整髪料の匂いも嫌いではない。綺麗に撫で付けられた白髪混じりの髪は最近散髪したばかりなのか骨格に沿って計算されたように正確に揃っている。恵は刈り上げられた襟足ともみあげに整備されたゴルフ場の芝を連想しながら見ていた。

するとその目線に気付いたのか、運転手がミラー越しに視線を送りはにかんだよう

に笑った。そして、

「お客さん、もしかしてタレントさんか何かですか？」

と言った。予想外の質問に恵は驚いたが、ふと、今ならば何者になっても許されるのだということに気付く。ここは東京で私を知る人は誰も居ないのだ。たまたま乗り込んだタクシーの運転手とも二度と会うことはないだろう。

「まあ、そんなようなものです」

気付けば恵はそう答えていた。運転手はやっぱり、と嬉しそうに笑い、

「そんな感じがしましたよ。お綺麗だし、道で手を挙げていた姿もすらっとしてモデルさんみたいだったから」

と言った。改めて恵の姿を確認するようにこちらを見るバックミラーの運転手にうんと大きく微笑んでやる。勘のいい運転手だ。私が人より少し特別であることに気付いたのだから。

「タレントっていっても大したことはないんですよ。地方でちょっとやってるくらいで。時々はこうして東京に呼んで頂くこともありますけど」

聞かれてもいないのに恵はそう言った。運転手は初めよりも明らかに恵に興味を持っている様子でうんうんと頻《しき》りに相づちを打つ。

「へえ、でも凄いなあ。僕は芸能人のお客さんを乗せたのは初めてですよ。まだドライバーになって日が浅いもので。それで普段はどちらでお仕事されてるんですか？」

「ええと、福岡の方です。芸能人だなんて大それたものじゃないんですけど、モデルみたいなことや時々はテレビに出たり。あとはお芝居とか」

「へえ！　福岡ですか。あそこは良い所ですよね。私も昔行ったことがあります。はあ〜、福岡のタレントさんでしたか、そうですか」

運転手は深く感銘を受けたという風に何度も頷いている。その様子を後部座席から微笑ましく見ている恵はもう田舎暮らしの専業主婦ではない。

単調なタクシー業務の中で偶然芸能人を拾い当てた運転手の幸運を祝福していた。どうせ罪の無い暇つぶしだ。むしろ運転手が露《あらわ》にしている芸能界への好奇心を満たしてやろうという思いやりなのである。

実際、福岡時代の恵はモデルもやっていたし何度かテレビに出たこともあった。それはショッピングセンターが配布する衣料品のチラシのモデルだったり、商店街の小さなコロッケ屋を訪ねるレポーターのようなことだったけれど。全くの嘘と言う訳ではない。少し大袈裟《おおげさ》に言ってみただけのことだ。

「本当はタレント業もほどほどにしたいんですけどね」

「え？　どうしてですか。素敵じゃないですか」

「私やっぱりお芝居が好きなんです。モデルやMCのようなことも何となく出来ますからマルチにやって欲しいと事務所は言うんですけど。変に器用なのって困りものですね」

参ったな、という風に困り顔をして見せた恵に運転手は感嘆の声を漏らした。眼鏡の奥で小さな瞳が輝いている。有名人に向けられる尊敬と羨望の眼差《まなざ》しだ。

「へえ、そっちの世界でやってる方にもやはり悩みがあるものなんですね。私なんか平々凡々な人間ですから人前で司会やなんかをこなしてるだけでも凄いなあと感心してしまいますよ。お芝居なんてもっての外です」

「そうですか？　運転手さんのお声、とっても渋くて役者向きだと思いますよ」

「そんなそんな。女優さんに褒めて頂くなんて滅相もない。いやしかし申し訳ないですが私は芸能人の方に偏見を持っていたようです。女優さんなんてのはもっとツンツンしていて私みたいな一般の者とこんなに気さくにお話しして下さるとは思ってもみませんでしたから」

「あはは、そんなことないですよ。気取っていたって何も良いことありませんから。普通のお仕事をされてる方の方がよっぽど立派です」

恐縮したように頭を下げた運転手を励ますように恵は微笑んだ。同時に車内に充満する敬慕の空気を胸一杯に吸い込む。恵は自分の才能に溺《おぼ》れたりしない。傲《おご》り高ぶることなく謙虚に生きる一流の女優なのだから。

演じるという意識が恵に芽生えたのは、言葉を覚え始めたのとほぼ同時だった。言葉は世界を描写するためのものではなく、自分の人生を美しく装飾するためのもの。恵の母親は常々そう言い聞かせた。ロマンチストな母親の教育が恵を女優へ導いたとも言える。

母は裕福な家に嫁いだ専業主婦だった。とくに芝居や芸能の仕事をしたことはなかったが、往年の映画女優のように容姿端麗で、還暦を過ぎた今もその面影を残している。背が高く色白で、鼻筋の通った横顔は瑪瑙《めのう》のカメオに彫刻された優雅な貴婦人のようだ。有名な温泉旅館のお嬢さんとして育ったせいか、嫁いだ後もどこか乙女趣味が抜けず、やや理想主義的な思想とともに生きている。

恵は大きく愛らしい瞳と清潔感漂うすっきりとした顔立ちを譲り受けて生まれてきた。自分と生き写しの愛らしい娘に母親は惜しみなく愛情を注ぎ、そうしているうちに姿形だけではなく母親の芸術肌も恵に流れ込んで定着した。

要するに、真実よりも演出なのだ。

実際にはさほど美味《おい》しくない料理でも、「おいしい」と声に出し、とろけそうな笑顔で幸福を表現すること。側で見ている人にも幸せが波及して目の前の料理がまるでごちそうだと錯覚する。そして彼らは、目を細めて笑いかける少女に対し、「なんて素直で愛らしい」と思わずにいられない。

一度その仕組みを心得てしまえば、日常のあらゆる場面で演出は行われた。それは周囲との関係を円滑に保ち、誰からも愛される心地よい空間を築くための最も簡単な方法に思われた。プレゼントを貰えば、瞳を潤《うる》ませて感謝の言葉を述べる。その贈り物を胸に抱きしめて喜びを大きく表現してやることも忘れてはならない。両親と一緒によその家に呼ばれた時は聡明な娘として行儀よくふるまい、しかるべきタイミングで機転の利いた子供らしい冗談を言うこと。

時には母と共犯のような形で対外的な小芝居をやることもあった。熱心なバレエの自主練習で足を挫《くじ》いてしまった努力家の娘と、心配ながらもそれを見守る献身的な母親という配役で。「昔からこの子は頑張り過ぎるところがあって」と母親が恵の頭を撫で、そんな母の顔を尊敬と慈しみの表情で見上げるとき、そこには確かに強い絆が感じられた。

周囲の人々が恵のことを好いているのは自明のことだ。ちょっとした言葉遣いや仕草で、恵は彼らの好意を引き出すことができる。自作自演的な母親の姿を見て育つうちに、たった二つの決まりを押さえていればそれは簡単なことなのだと気付いた。

セリフは簡潔で最小限に。そして相手も気持ちよくさせてやること。

長ったらしく大袈裟なセリフは聞いていて白々しい（恵の母親はしばしばやり過ぎるところがあった）。言葉は核心を突いた一言でいい。ふさわしい表情を添えてやれば充分に伝わるのだ。

それから、自分のことばかり気に掛けているのもだめだ。相手のことも少し褒めてやる。お世辞ではなく、ささやかな気付きという風に。「あなたの〇〇なところには敵《かな》わないわ」とか「〇〇なところを尊敬しているわ」とか。相手は気を良くしてますます恵を好意的に受け入れる。

そうして成長するうちに恵の予感は確信に変わった。演じることに関して天才的な何かが自分の中にある。母親から受け継いだ気質に加え、恵には冷静な判断力と鋭い洞察力が備わっている。そして、理想的な自分に向けて努力する根性もあった。

家族や友人、劇団の仲間や付き合ってきた男達、それら見聞きした全てのものから恵はなんでも吸収した。まだ自分が手にしていないものと出会うと、野心が疼《うず》き、手を伸ばさずにはいられない。

そうでもしなければ女の人生は退屈なのだ。だから常に彩りを加えていかなければ。オシャレや恋や、時々は素敵な嘘で。


流れる車窓に目を遣ると恵比寿《えびす》駅の側を通過するところだった。

駅前の交差点で信号を待つ人々はせっかちな灰色の塊《かたまり》だ。人生には苦悩しかないと言いたげな顔で赤信号を睨みつけている。こうして守られた場所からそれを眺めていると彼らがとても不憫《ふびん》な生き物に見えた。

恵は想像する、もしも私の存在が世の人々に広く知れていたならば彼らを幸せにすることなどたやすい。恵がほんの少し姿を見せてやるだけで味気ない彼らの日々は途端に色づくだろう。憧れるということほどディオニソス的な衝動はないのだから。

タクシーの後ろに恵の姿を見つけ慌てて隣の人に教える人。こちらを指差して感激したように口元を押さえる人。気付いてくれはしないかと恵に手を振る人。平等で愛《いと》おしい人々。彼らの前を通り過ぎるとき口角に教え込ませた最も魅力的な角度で恵は笑いかけてやる。

世の中はこんなにも私を愛しているのに。どうしてそれに気付かない人間がいるのだろう。恵は夕方に会った男の言葉を思い出していた。

「そんなつもりで来たんすか？」

それ以外にどんなつもりがあるというのだろう。語尾の震えに恵への嘲笑が表れていた。こんな屈辱を味わうくらいなら東京なんかに来なければ良かったと思う。

恵と夫の言い争いは結婚生活が進むに連れて激化する一方だった。一年前恥を忍んで抱いてくれと訴えたあの夜を境に夫への不満や憤《いきどお》りを押し殺すことが出来なくなってしまったのだ。

どうせ自分は惨めな女に成り下がってしまったのだからと開き直り、満たされない気持ちを毎晩夫へ投げつけた。感情的な口論は日常化し、もはや寝る前に必ず行わねばならない一連の流れとして定着している。

家庭を顧《かえり》みない夫をヒステリックに罵《ののし》り、かと思えば自分が妻として不十分だからだと崩れ落ちる。よそで浮気をしているのではないか、昔はあんなに情熱的に抱いてくれたのに、と言いがかりをつけたりもした。

ついに泣きながら「なんでしないの？」と訴えた夜、夫はとうとう降参したというように恵の手を引いて寝室へ向かった。

ずっと願っていたことなのに夫が急にそんな行動に出たので恵は面食らった。それは夫も同じで、怒りに任せて寝室へ来たは良いがどうやってそういう雰囲気に持ち込めばいいか戸惑っているようだ。向かい合って立つブロンズ像のように夫婦はベッドサイドで硬直する。

そこで思い知った。やり方を忘れてしまうほど二人は長い間肌を重ねてこなかったのだ。世の中の男女がごく自然にお互いの体を引き寄せて慈しみ合う、ただそれだけのことが私達にはもう分からない。

引き下がれないと思ったのか夫が恵のパジャマのボタンに手を掛けて脱がせ始めた時、

「キスもないのね」

と言って恵はまた泣いた。

その夜以降、性生活の話は触れてはならないものとして放置され続けてきたのだ。もう男としての役割を夫に求めることは止《や》めた。生活費を稼ぐ、それだけが今の夫に望む唯一のことである。しかしそれは怠りだと思う。夫婦の営みも結婚生活においては重要な務めであるはずなのだから。籍を入れた途端に妻を家政婦扱いするなんて。それが許されるような大した男でもないくせに。

一旦冷め始めると夫に対する嫌悪は瞬く間に膨れ上がった。革靴に蒸れた靴下の臭いや夕食の後に歯の隙間を吸う癖にも吐き気がする。この人に何を期待して私は取り乱していたのだろう。そもそも彼に対して男としての魅力を強く感じたことなど無かったではないか。

正直なところ、元から顔は好みではなかった。面長《おもなが》の顔に頬骨が目立ち歯並びも悪い。若い割に額が広く、結婚してから増々生え際が後退したように思える。他に取り立てて素晴らしいところもなくどこまでも平凡な男なのだ。

それでもあえて挙げるとするならば、やはり恵を一番に愛してくれる人だったからという答えになる。誰よりも熱烈な思いを抱き、恵の為なら命さえ惜しくないと言い放った男だからこそ選んだのだ。しかしそれさえ失ってしまった今、夫の良いところなんてひとつも見当たらない。

自分をないがしろにした夫への制裁として恵は恋人を作ろうと思った。夫は自ら役目を降りたのだ。文句は言わせない。

しかし和歌山に来て二年が過ぎたというのに、友人はおろか知り合いと呼べる人すらほとんど居なかった。同じマンションにはいくつかの家族が住んでいるはずだが顔を合わせることも稀《まれ》だ。一軒家にしておけば多少の近所付き合いもあったかも知れないが今更そんなことを言っても遅い。

とにかくここへ来て出会う男性は早いうちに結婚して家庭を持った人ばかりで、恵の相手をしてくれるような独身の若い男というのは、もしかしたらこの街にひとりも居ないのかもしれなかった。この際、既婚者でも構わないと考えたが、そうなるとなおさら出会うのが難しい。

外に恋人を作るなどという都合のいい話を半ば諦めかけていたとき、たまたま覗いたサイトに出ていた「人妻大歓迎」のバナーが目に留まった。要するに出会い系サイトだ。出会い系――こんなものに手を出すほど自分は落ちぶれていないと一旦はパソコンを閉じたが、それから数日が経っても忘れる事が出来なかった。

別にどうにかなりたいわけでもない。ただ友達が欲しいだけだと言い聞かせて恵は自分のプロフィールをそのサイトに公開した。すぐに数人からメッセージが送られて来た。

はなから猥褻《わいせつ》な言葉を含んでいるものばかりで恵は気分を害したが、その中に一人だけまともな挨拶を送って来た男がいた。顔写真も添えられていて「年下ですが宜しくお願いします」という簡潔なメッセージがガツガツしていなくて好ましい。東京に住んでいるという男の顔立ちには、やんちゃな雰囲気もあるが、白く滑らかな肌と細い顎がどこか都会的な印象を持たせた。恵は自分のパソコンフォルダから、かつてモデルをした際に撮ってもらったお気に入りの一枚を引っ張り出して送り返した。プロのカメラマンが撮影したものだし照明も綺麗に当たっている。ぱっと見て申し分なく美人と言える写りだ。

相手は恵を気に入ったのだろう、その日以降メッセージの遣り取りは途絶えることなく続いていた。出会い系に抵抗のあった恵も次第に打ち解け、夫の居ない日中のほとんどをパソコンの前で過ごすようになった。男からの返事はすぐに来ないこともあったが待っていれば必ず返してくれる。会ったこともない東京の男を恵は密《ひそ》かに心の恋人と決めて浮かれた。

二人の遣り取りは日が経つにつれて親密になり、「恵さんに会ってみたいな」と男が言うたびに、今すぐにでも会いに行きたい衝動が恵の心を掻《か》きむしる。

昨晩、夕食を済ませた後に夫が例のごとく虫酸《むしず》の走るような音を立てて歯を吸い始めたので、そのことについて注意したのだがそれをキッカケに例のなじり合いに発展した。「卑《いや》しい音をたてないで」と言われたのがよほど頭にきたのか夫は顔を真っ赤にして「上品ぶって上からものを言うな女のくせに」と叫んだのだ。

女としての恩恵を受けていたのは結婚するまでの話だと思う。数々の異性から与えられた賛美そして肉体の喜び。それらは美しい女だけが貰えるトロフィーだ。

恵は女であることのアドバンテージに感謝しながらしたたかにそれを受け取りつつ生きてきたが、夫と結婚してからは女に生まれたことを得だと感じたことなどない。

何より自分とのセックスを拒絶しているくせに、こういう時ばかり恵のことを「女」と呼ぶことがなんとも気色悪かった。

「今どき男尊女卑なんて教養が無いにも程があるわね」

と恵が言い放つと夫は侮辱の言葉を二、三言い返した後に、

「じゃあお前も働けよ。これで平等だろ」

と筋違いな事を言った。なんと不愉快な提案なのだ。

私の夢に割り込んで強引に専業主婦へとシフトさせたのは夫自身ではないか。それを今度は働けとはなんと身勝手な。私がどれほどの思いで女優への志を捨てたと思っているのか。パートでもアルバイトでもいいだろと付け加えた夫への憎悪は、獣の形相となって恵の顔に表れる。

誰にでも出来るような仕事は誰かがやればいい。少なくとも私がやることではない。

私には生まれついて私にしか出来ない事があるのだ。私という人間の真価が分から

ない男に飼い殺されるなんてまっぴらごめんだ。これ以上侵食される前に自分で自分を守らねばならない。私を守るのも、傷付けるのも、救うのも、愛すのも結局は私自身なのだ。

自宅を飛び出した時にはもう恵の心は切り替わっていた。携帯を取り出し東京の男にメッセージを送る。明日、一番早い飛行機に乗ってあの人に会いに行こう。そして今度こそ現実を生きなければ。

こんな田舎の中古マンションで所帯染みた生活をしているなんて自分には似合わない。「ゲームオーバー」の文字が浮かぶ。でもそれは専業主婦としての結末である。私はまだ若い。二十八歳だが見た目だけなら二十五でもとおる。人生をもう一度やり直すことも充分可能なのだ。なにより恵には勇気がある。

新しい土地で私を待っている恋人。あか抜けないチープな暮らしから私を救い出してくれるはずだ。洗練された都会的な恋愛が私を一層輝かせ艶麗《えんれい》な女にするだろう。

小洒落《こじゃれ》たスペイン料理店で恵は待っていた。店を指定したのは男の方で「普段からよく使う店がある」と手際良く予約を入れてくれた。小さなカウンター席と半個室のようなテーブル席が三つ。大衆的なレストランのように誰でもを受け入れる場所ではないのだ。並べられた銀製のカトラリーとリーデルのワイングラスがそれを証明している。

少し前に通販で買った品の良いベージュのワンピースに牛革の黒いブーティーとバッグを合わせてきた。胸元にはティファニーのオープンハートが繊細に揺れている。薬指の指輪を外し代わりにピンクゴールドの細いピンキーリングを選んだ。

女っぽくルーズに結ったヘアはどの角度から見てもふんわりと優しく、気合い十分にセットしてきたというよりむしろ余裕さえ感じさせる出来だ。恵は椅子に浅く座り背筋を伸ばして待つ。

男は十五分ほど遅刻して現れた。「恵さん？」という声に振り向くとそこに立っていたのは想像よりもずっと若い男だった。少年らしささえ漂わせている。遅れたことを謝りながらライダースのジャケットを脱ぎ、慣れた様子で店員に渡す。恵の向かいに腰を下ろし、「どうもどうも」と笑いかけた男の右耳にシルバーのピアスが光っている。若いロックミュージシャンのようないでたちだ。

酒を注文し二人の対面に乾杯した。

食事の間、男はノリ良く何にでも笑い、恵自身のことについてもあれこれと質問してきた。しかし恵は期待はずれだと思わざるを得なかった。

人懐っこい子犬の顔をする目の前の青年と、自分が思い描いていた心の恋人との間に隔たりを感じる。なんというかあまりにも頼りない。

痩せた体は薄くてスタイルが良いというよりも貧相な感じがする。そして都会では皆こうなのかもしれないが、語尾を上げて話す軽薄なニュアンスが彼の体つき同様、奥行きのない人格を表しているように思えた。それでも、整えられたシャープな眉に宿る仄《ほの》かな野心のようなものや、会話の端々に表れる異性としての恵への関心は悪くない。

理想ばかり追い求めていたって上手く行かないことは、夫との暮らしで痛感したではないか。恵は自分に言い聞かせた。そして注意深く目の前の男を観察し好ましいポイントを見つけては心の中で加点した。脳内で作り上げてきた恋人と現実の彼を摺り合わせる作業である。

二時間ばかりたわいない話を続けていたが、きり良くワインのボトルも空いたところで、

「じゃ、行きますか」

と男が言った。その言葉で恵は覚悟する。

多少イメージと違うところはあった彼だが、これはこれでチャーミングなのかもし

れない。結婚生活を投げ捨ててまで新しい世界へ飛び込んできたのだ。このくらいのことで尻込みする訳にはいかない。それにどちらにせよこの男を足がかりにせねば恵は東京でひとりぼっちなのだ。最初から完璧な人物にエスコートされるよりかえって気が楽かも知れない。

入り口でコートとジャケットを受け取り外へ出る。襟元にたっぷりとファーが付いた白いコートを羽織り恵は男に向かい合う。滑らかな輪郭の周りを柔らかく毛皮が縁取って、きっと抱きしめたいほど可愛らしいはずだ。大きな瞳で上目遣いに見上げ、男が恵への欲望を素直に言葉にするのを待った。

「恵さん帰りどうします？　タクシーっすか？　電車？」

恵は耳を疑った。あっさりと解散を決め込んだ男の真意が理解できない。はるばる和歌山くんだりから会いに来たというのに、軽く飲んで数時間で終わりだなんてそんなはずはない。私達は男と女なのだ。

もしかしたら遠慮しているのかも知れなかった。大胆な内容のメールを送ってくることもあったが、実際はひどく奥手な青年なのだということもあり得る。

「あの……私、急に来たからまだホテルをとってないの」

「え？　どういうことですか？」

「もう、分からないの？　私今夜は一人で居たくないのよ」

「それって……俺んちに来るとかそういうこと？」

「それでも良いし、どこか別の場所でもいいけど」

察しの悪い男に対し、拗《す》ねているんだぞという感じで唇を尖らせた。ここまで私が譲歩したのだから早く決断しろと心の中で悪態を吐いたその時、弾《はじ》けるような大声で男が笑いはじめた。信じられないという様子で腹を押さえながらひとしきり笑うと、

「そんなつもりで来たんすか？」

と恵に言った。「あーウケる」と小さく呟いてはまだニヤニヤと笑っている男を恵は呆然と見る。顔の筋肉がこわばって全く動かせなくなってしまった。

「いや、なんかすいません。俺もそういう気持ちが全く無かった訳じゃないから笑ったら失礼ですよね。でもなんつうか、ちょっと違ったっていうか。恵さん写真とだいぶん感じが違いますよね。あ、でも話は楽しかったっすよ純粋に」

さよならを言う価値もない、と恵は思った。

「ほら、綺麗でしょう。イルミネーション」

運転手の言葉で恵はマーブル模様の回想から目覚める。駒沢《こまざわ》通りを一直線に進んで

タクシーは六本木まで来ていた。無数の電飾輝く両サイドの並木は透視図法に則《のっと》って描かれた巨大な光の帯である。贅《ぜい》の限りを尽くして装飾された王室の庭園みたいだと思った。

「とても綺麗」

素直に言った恵に運転手は満足げな笑みを見せる。ライトアップされたこの街を誇りに思うかのように。

「私らみたいな年寄りは六本木に来ることなんて無いですけど、若い方々はなにやら毎晩楽しげに過ごしていますよ」

「そうなんですね」

「あ、もしかしたらお客さんのお知り合いなんかも居るんじゃないですか？　芸能人の多い街ですから。そういう人達が集まるクラブみたいなものがあるんでしょう？」

「まあ、そうですね。たまにそういう話も聞きますけど。騒々しいのは得意じゃないもので私はあまり顔を出さないんですよね」

「へえ、お若いのに」

運転手の言葉に微かな疑惑の意味合いがあった気がして恵は慌てて説明を加える。

「ああいった場所に一人で出向くと色々と面倒なことが起こりかねません。一般の方もいらっしゃるし」

「なるほどそうですよね。自分も女優さんと居合わせたらちょっと声を掛けてサインのひとつも貰おうかと思いますから」

「ええ。それに、男性芸能人の方って積極的な方が多いから……」

「あ、分かった。口説かれるんでしょう」

「まあ、そういうこともあります」

「でしょうね。俳優やなんかやってる男はお客さんみたいに綺麗な女性を放っておかないですよ。お金も自信もあるわけだし。いやあ女優さんてのも大変ですねえ」

「もう慣れましたけどね」

「するともしかして有名な方とのお付き合いなんてのも今までにはあるんですか？」

運転手が急に立ち入った質問を始めたので、恵がどう答えようかと考えているとすぐに「しまった、こんなプライベートを探るようなこと。出過ぎたマネをしてすいません」と謝ってきた。調子に乗ってしまった自分を戒めるような深い反省の表情である。慎みのある彼の態度に感心し恵は微笑みだけを返した。

煌《きら》びやかな六本木の街で賑やかに過ごす夜はどんなに楽しいだろう。恵はイルミネーションを眺めながら思った。

例えばあの都会的なデザインの建物にはどんな店が入っているのだろう。シックな調度品を揃えた素敵なバーかもしれない。艶《つや》のある長いカウンターで私は青いカクテルを飲む。店の常連は皆ちょっと名の知れた人ばかりで、その中の数人は私とも面識がある。

彼らは時々注文がてらカウンターに寄って来て恵に話しかけたりあるいは隣に座って同じものを飲んだりする。話しかけて来た方も私もお互いへのあからさまな興味を露にしたりはしない。落ち着いた声音でゆっくりと話す。小さなボールを転がし合うように緩やかで遊びのある会話。ありふれた情事など望んではいないのだ。上品に甘やかで希少な、例えば蜂蜜のような夜。

細部まで丁寧に夢想する恵を乗せてタクシーは進む。道行く人々は恵比寿の神経質な群衆よりもやや愉快そうに見える。恵からすれば彼らも凡民であることに変わりはないのだが。

その時、車の速度がにわかに遅くなり運転手が「ん?」と声を漏らした。しきりに歩道の方を見ているので恵も視線を追う。左側にある歩道の少し先のところで妙な動きをしている女が見えた。

縁石ギリギリに標識が一本立っていて女はそのポールにしがみつき激しく体をくね

らせている。

近づくとそれは若い女で、フードの付いた赤いパーカーに短いデニムのスカートを穿《は》いている。足元はミドル丈の茶色いブーツだ。長い髪を振り乱して動いているので顔はよく見えないが。

両手両足を白いポールに絡み付けて木登りをするように上下に弾みをつけて動いている。通り過ぎざまに女の赤い舌が見えた。口づけをするように顔を傾けてポールの表面をしきりに舐《な》めているのだった。一瞬のことだったがどう見ても異様なその光景に少なからず恵はショックを受けた。

「なんですか、あれ」

「なんなんでしょうね。気持ちの悪い女でしたね」

運転手はバックミラーで再び後方を確認しながら顔をしかめた。

「若い人のように見えたけど、酔ってたのかしら」

「いやあどうでしょうか。ちょっとまともなようには見えなかったけどな。時々いるんですよね、ああいうおかしな人が。じっとしていれば身なりも綺麗だし何の変哲もないんだけど急に暴れ始めたりするもんだから危ないですよ」

「はあ」

「お客さんも気を付けてくださいね。ほら、背が高くて目立つから。通りすがりに目を付けられてワッと飛びかかられたりでもしたら」

「……そうですね」

「あんな風に分かり易けりゃまだいいですよ。東京には色んな人がいますからね。いかにも善人のような風貌でいて中身はそっくり化け物というのがゴロゴロおります」

「……はあ」

恵の脳裏には女の真っ赤な舌が鮮明に焼き付いていた。

それからしばらく車内には沈黙が続いた。二人の間に会話はない。運転手は先ほど恵を詮索しすぎたことを気にしているのかもしれなかった。賢く躾《しつ》けられた馬車馬のように、黙って恵を輸送する運転手は愛おしくもありつまらなくもある。

このタクシーの中だけが恵の真実であるように思えた。世の中の全てが間違いで、誰もかもが恵を誤解している。夫も、あの東京の男も。

恵の本質をいち早く見抜いた運転手だけが愚かな虚構から覚醒した賢人だ。私が外見ばかりを取り柄とするような薄っぺらい人間でないことに気付き、敬意をはらったのだから。

思えば恵自身も周囲の環境に毒されて半ば諦めかけていた。自分を信じることをだ。

何かに触れるたびにとめどなく溢れてくるアイデアや繊細な気付きを自分の中に封じ込めるようになったのはいつからだろう。もう少し若かった頃の私なら、はばかることなくそれらを言葉にして外へ放つことが出来たのに。

喜びでも怒りでも悲しみでもいい。魂の揺らぎを感じたら思うままに表現すること。

豊かな創造の土台を作りその上で足を踏み鳴らして舞うこと、それが命なのだと信じている。

しかしそのような天真爛漫な生き方にはいつだって困難がつきものだ。なぜなら世の中のほとんどの人間が不自由な精神を引きずって憂鬱に生きている。

みずみずしい才能と出会うたびに彼らの劣等感はぱんぱんに腫れ上がり、そうして弾けた皮膚の隙間から腐敗した体液をこちらへひっかけてくる。それは疫病のようにこびりつき、健全な精神をただれさせてしまうのだ。自己愛や想像力を少しずつ萎《な》えさせて何の意欲もない無気力な人間につくりかえようとする。

恵は初めて敗北を味わった日のことを思い出す。あれはまだ福岡で暮らしていたころのことだ。所属していた芸能事務所が取ってくる仕事は少なく、その上どれも芝居とはかけ離れた内容のものばかりだった。だから恵は日頃から、そこそこ大きな劇団や新しい公演の情報を熱心に集めてオーディションに通っていた。

参加したオーディションで役が取れなかったことはほとんどない。大抵はヒロインが既に決まっていて(大手の芸能事務所が抱えている女優だとか)、その他の出演者を選ぶというものだったが、オーディションに参加するのは素人に毛が生えたような女ばかりだ。

彼女達は与えられたテキストを時間内に覚えることもできず、セリフの途中で引っかかっては照れ笑いするといった始末である。プロ意識の低い連中に囲まれていても恵は真剣に取り組んだ。鍛え上げた集中力を惜しみなく発揮して全力で役を演じる。たとえそれが名前もない村娘の役であろうが、企業のプロモーション動画の中で生活する平凡な主婦の役であろうが。

そんな中、とある劇団が新作のヒロインを募集しているという情報が耳に入った。書き下ろしのミュージカルで、東京・名古屋・大阪でも公演を予定しているという。経験不問のオーディションだと大々的にうたい、まだ知られていない新しい女優を発掘するという過程ごと話題にするつもりらしい。　恵にとっては願ってもないチャンスである。

どうせ毎回似たような顔ぶれが応募してくるのだ。いつもどおり私らしくやれば必ず勝てる。そう自分に言い聞かせて審査会場へと向かった。

応募者は十人ずつのグループに分けられ、一列に整列して部屋に通された。五人の審査員が座っており対面する形で立つ。そして番号順に一人ずつ審査員の前へと歩み出て簡単な自己紹介とPRなどをする。

自分の番が来ると、恵は姿勢よく立って前に出た。すらりと伸びた背筋から凜《りん》とした雰囲気が醸されているのを自分でも感じる。

頭の中には、この日の為に練った挨拶文が叩き込まれている。歯切れよく言葉を放ち、そして媚《こ》びた表情にならないよう注意しながら審査員に感じ良く笑いかけた。

審査員達の目が明らかに今までと違っていた。頷きながら恵のプロフィール書類を再確認する人もいる。彼らが恵に興味を持っていることは確かだ。

すると、目の前に拳銃のようなものが差し出され、

「この小道具を使って自由に演技をして下さい」

と言われた。恵はおもちゃの拳銃を受け取る。「自由に」、というのはつまりストー

リーやセリフも今ここで考えねばならないということか。恵より前の番号の子達には出されなかった課題だ。より大きな可能性を感じ、恵の心は高鳴った。やるしかない。

「殺してやる殺してやる殺してやる皆殺しにしてやる！」

恵は叫んだ。手に持った拳銃を審査員それぞれの顔に向けながら金切り声で絶叫した。向けられた銃口に目を見開いて仰《の》け反った審査員もいる。

「夫を返せ！　私のあの人を返して！　のこのこと帰ってきたお前達を私は許さない！」

腹の底から声を出すと、そこから怒りが沸き上がる。紅潮した顔の中心で大きな瞳が血走り、恵は更に拳銃を突き出して叫んだ。

「恥も知らずによく戻って来れたものね！　お国の為にと英雄気取りで出て行ったくせに！　その憎らしい顔！　夫を見限った時も同じ顔をしていたんでしょうね。あの人を盾にして、それで生き延びて平気な顔で戻ってこれたんだから。五体満足でね！　あんた達は鬼よ！　あの人の骨さえ持って帰ってきてはくれなかった！　私がどんなつもりで帰りを待っていたか……！」

恵の体に別の女の魂が入り込んでいる。戦争で夫を失った悲しさが内側から突き破るように女の言葉になって出てきた。

「返しなさいよ！　あの人を返して！　私と子供達がどんなに待ちわびていたか！　必ず生きて帰ると約束したのよ！　戦争なんかに殺されてたまるか、非国民と言われたって構わない、生きていてくれるだけで良かったのに！」

熱い涙が溢れた。一度解放されると止めどなく流れ出て、その雫《しずく》が恵の爪先を濡らした。悲しみで唇が震え、目の前に佇《たたず》む男達の姿が歪んだ。

夫はもう帰って来ない。戦争が夫を殺した。時代が夫を殺した。そしてこの男達が夫を殺した！　半狂乱になりながら恵は再び拳銃を強く握りしめ、叫びとともに引き金を引いた。

「あの人の代わりにあんた達が死になさい！　ああああああああああ！」

崩れ落ちた恵は、しばらくうずくまっていた。上がった息が静まるのを待っていると、頭上から拍手の音がする。ぱらぱらと。

顔を上げると審査員が満足げに手を叩いていた。

「いやあ、すごい迫力だったね」

審査員の中で、おそらく一番決定権を持っているであろう人物が圧倒されたようにコメントする。出し切ったのだ。恵は確かな手応えを感じた。

出番を終えた後も恵は姿勢よく自分の立ち位置に留まって他の参加者を見守っていた。数人を経て、グループの最後の一人が前へ進み出る。

最後の子は小柄な痩せた女の子で、猫背気味の後ろ姿が頼りない。

しかし、自己紹介を促されてその子が声を発した途端、恵は耳を疑った。なんと芯の強い声だ。そして洞窟の中にかかる天然のエコーのように神秘的な響きを持っている。

おや？という審査員達の表情に恵は嫉妬する。

彼女が独特の間と抑揚で話し始めると、さして特徴もない一般的な挨拶がどこか謎めいているように感じた。横に並んだ他の参加者達もその存在に引きつけられている。

一通りの挨拶が済むとすぐに彼女にも拳銃が差し出された。

これまで恵にだけ与えられた課題だったのに。しかし問題は内容と演技だ、と恵は思う。拳銃から発想できるありきたりな物語では駄目なのだ。恵は時代さえ飛び越えて物語を生み出し、熱演した。全く同じ課題を与えられて、私のやったことを越えられるかどうか。固唾《かたず》を呑んで見守った。

その子は骨の浮き出たガリガリの腕で拳銃を受け取ると、真っすぐに前を見て立った。先ほどまで丸まっていた背中がいつの間にか伸びている。

そして、滑らかな動作で腕を上げ、拳銃を自分のこめかみに突きつけた。

「私は、私を罰します」

神聖な声で一言そう言うと、引き金を引いて床に崩れ落ちた。

あまりにも鮮烈な始まりに、誰もが驚きを隠せなかった。室内の時間は止まり、物音ひとつない。

しばらく横たわっていた彼女が、猫のようにすっと音もなく立ち上がった。そして自分が倒れていた場所をぼんやりと見つめながら、その場所を中心に円を描いてゆっくり歩き始める。まるで体から抜け出た魂が死んだ自分の体を眺めながら浮遊しているように。

「私はいつも、生きると言うことに酷く疲れていました。息をして、歩くこと。学校へ通って、クラスメイトと話すこと。買い物へ行ったり、旅行を楽しんだり、将来の夢を見つけること。当たり前の日々を過ごすことが、私にはとても難しかった。普通に生きる、というのは一体どういうことなのでしょうか。『肩の力を抜いて自然の成り行きにまかせることだよ』と先生は言いました。でも先生、私達の間に起きたことは普通なんかじゃなかった、とやっぱり私は思うのです」

彼女はふんわりと揺れながら話す。それは、死んでしまった自らの人生を語る自我の独白だった。横たわった自分の側に寄って屈み込み、その体を愛おしそうに撫でている。それを見ていると、何もないはずの場所に息絶えて寝転ぶ彼女の姿が見え、それとは逆に、語っている方の彼女が半透明に透けているような気さえした。

「いつもこうして撫でてくれた。先生の大きな掌《てのひら》が私の体を滑るたび、私の中には嵐が生まれていたことを知っていましたか？　私はただ、普通になりたくて先生のところへ相談に行ったのですよ。それなのに先生は……私のことをすっかり特別な女の子にしてしまいました。友達にもお母さんにも誰にも言えないような出来事を私に背負い込ませて、それでいて『楽しもうじゃないか』と軽やかにおっしゃった先生を、私は愛してしまいました。それはマグマのように燃えたぎり、私の青春をめちゃくちゃにしてしまったのです」

丁寧な口調で厳かに話す幽霊の声に、今や室内の人全てが飲み込まれていた。水滴のように落ちてくる彼女の言葉がミステリアスな波紋の広がりとなって部屋中に広がる。衝撃的な場面から始まったこの物語の全貌を、セリフの端々に巧妙に落とされたヒントの中から覗き見ようと皆必死だった。

たった数分で見ている者を物語に引きずり込み夢中にさせてしまった彼女を、恵だけが睨みつけていた。もう見たくない、聞きたくないと頭では思うのに、彼女の一挙一動を見届けようとする自分の心に抗ってもいた。

完全な敗北である。落選の知らせが届くまでもなく恵は思い知った。

ピンと張りつめた空気の中、自分の産毛一本一本の動きまで制御されてしまうような見事な芝居だった。病弱な子供のような顔をして頼りなげに進み出たのは、あの子の罠だったのかも知れない。平生の素朴さと凄まじい演技との間に落差があるほど天才めいた箔が付いて本人への興味が湧く。

審査員達の盛大な拍手の中、再びオドオドとした元の感じに戻りお辞儀をした彼女の後ろ姿を、恵はその後も度々思い出した。思い出す度に悔し涙が溢れ、罪のない彼女を憎んだ。

どんなことをしても絶対に勝てないと思った。あれは努力で得られる類のものではないのだ。「持っている」か「持っていない」かのどちらかでしかなく、言わずもがな恵は「持っていない」のだった。

不公平だと憤っても何の意味もないと分かっている。しかし耐えられなかった。今までどの会場でも、あのポジションに居たのは恵だったのだ。

上田恵という女は天性の才能とセンスを持ち合わせた唯一無二の女優だと、他でもない自分自身が一番信じていたはずなのに。

それでも恵は諦めなかった。打ち負かされた屈辱をバネにして益々努力するようになった。芝居以外にもダンスやボイストレーニングに精を出し、高い受講料を払って有名な俳優のワークショップにも足繁く通った。

しかし、がむしゃらに夢を追いかけながら、情熱の一部が凍り付いていることにも気付いていた。それは盲目的に自分を信じていた恵に、初めて起こった変化だった。例えば、深夜のファストフード店でバイトをしている時などに、ふと冷静な自分が恵に語りかける。

「本当は大したことないんじゃないの？」

そして、カメラやファンの声援に向けられるべき笑顔を深夜のレジカウンターで安売りし続けている自分の生活にもケリをつけねばならない時期が迫っていた。廃棄されてゆくハンバーガーを見ながら、女にも賞味期限があるのだということをぼんやり意識する。

もしかすると今まで、過剰なうぬぼれをつのらせてひとり馬鹿のようにスターを気取る私を皆が笑っていたのかもしれない。そう思うと途端にそれまでの振る舞いが恥ずかしくなった。

役者としての心構えとか、演劇の哲学を語る私をうっとりとした目で見つめていたかつての男達。その眼差しに酔っていたのは実は私の方で、彼らはシラフであることを巧妙に隠していたのではあるまいか。私の言葉に頷き、聡明だと褒め称えている時も頭の中では私をベッドにねじ伏せる瞬間のことを描き続けていたのではないか。

鮮明なビジョンが失われようとしていた。それまでの確固たる自信が打ち砕かれ夢に向けて走るなどという子供っぽい情熱が冷めかけた頃、夫が結婚の申し入れをしてきたのだ。タイミングとしては抜群だと思う。何をするにも鈍臭く優しいことだけが取り柄の月並みな男が唯一ぶちかましたヒットである。

全てを打ち切って専業主婦になるという選択肢は、逆転のカードを意味した。結婚は確約された幸せであり、女優の夢は不誠実な賽《さい》の目だ。妬《ねた》み嫉《そね》みに満ちた険しい道を歩み続けるより堅実に小市民としての幸せを選んだ方が良いのかも知れない。それは小さな幸福だが少なくとも貰いそびれることはない。

しかし期待は裏切られた。広げた掌の上に、まあるい幸せがころりと落ちてくるのを恵は二年間も待ち続けていたのに。空っぽの二年間を過ごす間、自分が諦めた夢のことを何度も思い返した。

結婚に対する浅はかな幻想を捨てて、もう一度人生を模索すべきタイミングかも知れない。天からの啓示にも似た衝動に身を任せて、恵は和歌山を飛び出して来た。東京ならば巡り合うチャンスの数もきっと多い。

かつて、私は確かに無敵だったのだ。縮こまった心を勇気づけよう。やみくもに突き進むあの強ささえあればきっと新しい人生をやり直せる。

「そんなつもりで来たんすか?」

またあの声が再生される。そして恵の心は急速に萎《しぼ》む。

「ほらほらお客さん。右に東京タワーが見えてきましたよ」

運転手が久しぶりに口を開いた。促されたとおりに右を見ると思ったより近くに東京タワーが迫っている。窓枠からはみ出て先端はもう見えない。

タワーを形作る鉄骨に並べられた等間隔のライトが、夜空を背景として赤く映えている。

「大きいですね。それに赤い」

子供のような感想を述べると運転手は笑った。

「日本で一番高いタワーだったんですけどね。スカイツリーが出来たもんで、追い抜かれてしまいましたよ。二番目です」

「二等賞じゃ意味がないのにね」

ぽつりとそう言った恵の言葉が聞こえなかったのか運転手は「え？」と聞き返した。しかしそれには答えず恵は別の話をする。

「運転手さんはご結婚されているんですか？」

「結婚？　ええ、してますよ。今年でちょうど三十年目になります。それに息子と娘がひとりずつ。二人とも成人して今はよそで暮らしていますけれどね」

「三十年。凄いですね」

「いやいや単なる結果として、ですよ。なんとかやってこれたというだけのことです。妻にも子育てやなんか全部任せっきりで、苦労ばかり掛けてきました。気付いた時には娘も息子も大人になっていましたから」

「きっと素敵な奥様なんでしょうね」

「ははは。まあ、私に比べたら立派ですよ。我慢強いし根気もある」

「いいなあ、愛妻家なんですね」

「いやあ頭が上がりません。私、タクシーを始める前は会社勤めをしていたんですよ。まあいわゆる、総合商社のようなところです」

「えっ、商社マンだったんですか」

運転手の前職を聞いて恵は納得した。穏やかで品のある物腰はそこで培われたものなのだろう。

「営業のようなことをしていました。商社ってのは右から左に品物を流していく仕事ですから何かと忙しいんです。仕事相手が外国の会社だったりしたらもう大変ですよ。時差がありますでしょう。それでも向こう様の都合に合わせなくちゃなりません。接待が終った後、深夜の会社に戻ってまた仕事、なんてこともしょっちゅうありました」

「それは大変ですね。よく体が持ちましたね」

「ええ。体力がなければ商社マンなんてのは出来ませんから。それでも若さに任せて随分と無理をしました。付き合いの酒も多くて家内はいつも心配していましたよ」

「奥様は働いてらしたんですか？」

「いえ、家内は専業主婦です。共働きなんて出来ません。忙しさにかまけて家の事は何もかも妻に任せきりでした。私のほうは朝方にただ寝に帰るだけのような生活をしていたのに愛想も尽かさずよく付いてきてくれましたよ」

運転手の話しぶりには妻への深い感謝が表れていた。そしてその思いを噛み締めるように何度か頷く。それは恵と夫との間に欠けているものだと思った。

タクシーは東京タワーの麓《ふもと》を遠巻きにぐるりと回って遠ざかろうとしている。「誰よりも高い」という存在意義をあっさりと追い抜かれた悲しい建物。二番目に成り下がった今もかつての栄光を胸に光り続けているのが痛々しく見えた。

「罪滅ぼしなんですよ」

唐突に運転手が言った。言葉とは裏腹に清々《すがすが》しい質感で。

「罪滅ぼし？　何がですか？」

「タクシードライバーになったことです。定年までもう少しというところまで来ていましたが退職したんです」

「どうして？」

「時間が欲しかったからです。それは私が一番粗末にしていたものでした。もちろん会社からは申し分ないお給料を頂いていました。けれど自由に出来る時間は少しもなかった」

「でも……商社を辞めるなんてもったいないような気もしますけど」

「はい。私も悩みましたし同僚や親族にも随分説得されました。けれど家族だけは喜んでくれたんです。それで良かったんですよ」

「つまり、会社を辞めて家族の為に時間をつくることが罪滅ぼしだったと」

「そうです。あまりにも放置しすぎていた。娘が成人した時、妻に感謝の手紙を送ったんですね。そこには『お母さんは今までお父さんの分も一人二役で私達を育ててくれた』と書いてありました。それを見た時、私は自分が父親としての役割をなにも果たしていなかったと気付かされたのです」

「そんな、家計を支えてらしたんだし、それは立派な父親ではないですか」

それは気休めの言葉ではなかった。一家の主として大きな務めを果たしている。

「いいえ。どれだけ金が稼げても、どれだけ取引先とうまくやれていても、そんな功績は死ぬ時になれば無価値です。私も歳をとったからでしょうか、人生を終える瞬間のことを考える機会が増えました。そうすると途端に虚《むな》しくなります。自分の人生、振り返れば仕事しかなかった。味わいのようなものがないのです」

「………」

「ですから会社を辞めて家族と向かい合うことにしました」

た。

「……なんて素晴らしい」

それ以上の言葉は出てこなかった。饒舌《じょうぜつ》に語る運転手をただのおしゃべりなタクシードライバーだと思わなかったのは、今の恵が複雑な状況に置かれているせいかもしれない。謙虚に話す彼の言葉は、徳高い聖職者による説教のように恵の心に染み入った。

時計を見た。午後八時。東京へ来てまだ十二時間しか経っていない。それなのに恵は疲れきっている。

悶々と抱き続けた夫への不満や東京の男から投げつけられた侮蔑の言葉、アイデンティティに対する不安定な自己評価。それらがいっしょくたになって恵の中で大暴れしていた。

いつだって救いは自分の中にあったのに。もうそれさえ見当たらない。だれかに導いて欲しいとさえ思う。もしかするとこの運転手なのかとも。

そんな思いを巡らせている恵には気付かず運転手はなおも家族の話を続ける。

タクシードライバーというのはかなり時間の融通が利くため、転職先としてはうってつけだったこと。隔日で休みがありそのほとんどを妻との旅行や映画などにあてていること。給料は出来高制で貰った料金の四割を会社が持っていくということ。会社時代に比べれば質素な暮らしをしているが何の不満もないこと、など。

誰にも憧れたことなんてなかったのに。今、恵は目の前の運転手に猛烈に憧れていた。

彼に成り代わりたいと思う。彼の妻に成り代わりたいと思う。彼の子供に生まれて偉大な父親と気高い母親の背中を見て育ちたいとも思った。

その時、コートのポケットが微かに振動した。携帯にメールが届いている。

「どこにいるんだ恵。心配している。俺が悪かった」

夫からのメッセージだった。タイミングだけは……恵は心の中でそう呟いた。しかしそれはいつものようなダメ出しの意味を含んではいない。夫はいつも絶対的なタイミングを嗅ぎ取って恵を呼び止める。

冴えない男にたったひとつ与えられた天性の嗅覚。

降参しようと恵は思った。田舎主婦の家出計画もゲームオーバーだ。都会へ飛び出してひとりきりで人生を再構築しようなんて、そんな力はもう残されていなかったのだ。

たった十二時間、都会の風に吹かれただけでこんなに寂しくなるなんて。うるさくて、無関心で、見栄っ張りなこの街で生きていくのはきっと想像以上に難しい。諦めの悪い私はプライドの葬り方を知らなくて最後にこんな無様な悪あがきをしてしまったけれど。

このタクシーに拾われて良かった。温厚で紳士的な運転手に出会えたことも。わがままな冒険の最後に少しだけ夢を見させてくれたのだから。この車の中にいた一時間だけ私は女優だった。絶頂に向かって人生を謳歌する若い女優。

初めて有名人を乗せたと喜んでいた運転手のキラキラした目が私の心残りを昇華させてくれた。夢を叶えた私は彼の中でだけ生き続ける。人生のとあるポイントでたまたま出会った、名もなき女優として。だから種明かしはせずにこのままでいよう。

「ねえ、運転手さん」

「なんでしょう？」

「結婚生活で一番大切なことって何だと思いますか？」

恵は尋ねた。運転手はバックミラー越しに自信ありげな笑みを寄越すと、

「相手の欠点を愛することです」

と言った。完璧な答えだ。これで恵は安心して元の場所に戻ることが出来る。欠点

だらけの憎たらしい夫のもとへ。

付かず離れず腐れ縁のようでもいい。ただお互いをひとりぼっちにしないために生きているというそれだけのことで、もしかすると三十年後には何の変哲もない幸せを手にすることが出来るかもしれない。そう思った。

そして恵ははっきりとした声で運転手に告げる。

「運転手さん、羽田空港に向かってください」


変わったお客さんでした。行き先を言わずにただ走れとおっしゃるんですから。

それにしても道ばたで手を挙げる姿を見た時は驚きました。由梨江《ゆりえ》にそっくりだったもので。背の高いところも、細い顔も。後ろに乗っけてからも私はミラー越しにチラチラと盗み見ないわけにはいきませんでした。見れば見るほど若い頃の由梨江に似ていると思いました。あれは美しい女でしたよ。白亜のように肌が白くて、瞳はいつもらんらんと濡れていました。

それでついお客さんに話しかけたんですが、世の中には奇妙な一致というのがあるものです。その方も女優さんだというではないですか。これはいよいよ由梨江の分身なのではと思いました。

失礼ながら私はどの程度有名な方なのか存じ上げませんでしたが、テレビでよく見る顔という訳でもなさそうでしたので、おそらく由梨江と同じようにこれから高みを目指そうという若手の女優さんかも知れません。

それで私はもうその方を由梨江の再来だと決めつけて、そのつもりでお話しすることにしたのです。実に三十年ぶりでした。こうして実際の由梨江と言葉を交わすのは。

別れた時の私達は二十八でした。由梨江とは学生時代から付き合っておりましたし、私はもう出会った時から彼女を生涯の伴侶と信じていました。恥ずかしながら私はそれまで女性と交際した経験が一度もなく、それ故、由梨江に対する思いは正真正銘なんの汚れもない純粋な愛だったと言えましょう。

由梨江は私と出会う前から劇団に入り芝居をやっていました。時々私も誘われて見に行きましたが、舞台の由梨江は活き活きとヒロインを演じていました。

しかし才能があったかと言われれば分かりません。私は芝居に関しては素人ですし、由梨江を恋人だと思えばこそ彼女の演技に盛大な拍手を送りましたが、実のところステージでの彼女の立ち振る舞いは、文字通り芝居がかっていて今ひとつに感じるところもありました。それで頃合いを見て由梨江に結婚を申し込んだのです。

もう充分演劇の活動も楽しんだだろうと思いました。当時の由梨江は女優の仕事ではまだ食べていけず、時間のある日は近所のクリーニング屋でアルバイトをしながら生活していました。細い体で休みなく動き回る由梨江を可哀想にも思ったのです。

それに私にはきちんと仕事がありましたから由梨江ひとりくらいなら養ってやれるとも思ったのです。

私が差し出した指輪に由梨江の涙が落ちたのを今も覚えています。そして彼女は一言「ごめんなさい」と答えて私の元を去ってゆきました。

それ以来、私はずっと独り身で仕事ばかりして生きてきたのです。由梨江を忘れることなど出来ません。あんなにも強い恋慕の思いを他の女性に抱くなんてことは到底できっこないのです。

由梨江の亡霊は二十八歳の姿のまま私の背中に張り付いています。私はそれを振り払うことなく共に生き続けようと決めました。

由梨江の薬指には私が贈った指輪が光っています。彼女は私の妻になりました。

由梨江は必死に働く私を温かく応援しつづけ、家庭に尽くしてくれます。

私達の間にはやがて二人の子供も生まれました。一人目は男の子、二人目は女の子です。生まれて来るまでの十月十日の間に私と由梨江はあれこれ思案して、息子には豊《ゆたか》、娘には由梨江の文字をひとつ取って杏梨《あんり》という名前を授けました。

子供達はそれぞれ健康に、そして親ばかと言われるかも知れませんが優秀に育ちました。

私のことを異常な人間だとお思いですか。ことによるとそうかも知れません。しかし、こうすることでこそ私は正常に生きてこられたとも言えます。お話ししているうちに我が家へ着きました。私の現実をご覧になりますか？

この薄汚れた団地の一室が私の自宅です。だいぶ古いので、どの棟に入っているのも昔からの入居者ばかりです。それぞれの家を繋ぐように上る階段はいつも青く冷えていて昼間でも何故か真夜中のような気持ちになります。

玄関のドアを開けるとまず一匹の老いたマルチーズが私を出迎えます。老犬なのでもうあまり吠えませんし、元から私が飼っていた訳ではなくそもそも私はあまり犬が得意ではないので手入れもどうしてよいか分からず、目や口の周りが赤茶けて臭います。

足元を嗅ぎ回る犬を脇に蹴り寄せて進むと、廊下の突き当たりにリビングがあります。うちにはリビングとそれに続く小さなダイニングキッチンそれから寝室がひとつ、あとは風呂とトイレがあるだけです。寝室は私の部屋としています。リビングに入ると真ん中に大きなベッドが置いてあります。リクライニングの付いた立派なものなので、これを置いているとリビングは本来の団欒《だんらん》の場として機能しません。

そのベッドに横たわっているのが私の父です。脳梗塞で倒れ、それ以降寝たきりになりました。認知症も併発しており要介護3です。もう息子である私のこともほとんど分かっていません。自力で起きることも排泄をすることも無理です。それでも私が仕事から帰ると濁った目を開けて反応します。こちらが声を掛けると大声で叫び返すこともあります。

私が仕事に出ている日はヘルパーさんに頼んでいるので、父は入浴も食事も済んでいます。私の夕食は大抵が冷凍のうどんです。これが簡単ですし凝《こ》った料理は作れません。

私はうどんの器を抱えてベッドサイドの椅子で食べます。そうしながら時々今日のことを話してきかせるのです。ガーゼの寝間着に身を包んだ父は餓死寸前の赤ん坊のように見えて悲しくなります。

それでも時々は意識が鮮明になるのか話をしている私の声に被《かぶ》せて意味を成さない奇声を放つことがあるのです。

皆さんには分からないでしょうが、私はその声が私をなじる言葉であると分かります。出来の悪い息子に罵声を吐き付けているのです。何度も何度も言われ続けたあのセリフ「愚図で間抜けで役立たず」。そう言っているに違いありません。

私はそういう時、父を殺してやりたいと感じます。それは長年の介護疲れによるものでもありますが、この期に及んでまだ私の人生をコントロールしようと叱りつけて来る父への憎悪からです。その歪んだ教育理念に振り回されて私はこんな大人になってしまった。

厳格な父親というにはあまりにも暴力的な人でした。私のやることなすこと全てが気に入らなかったのでしょう。暴言の最後には決まって息子の人格さえ否定するような有様でしたから。

それでも私は父を信じていました。植え付けられた信仰だったと今になって思いますが。父の言うことは何でも聞きました。父の決めた学校に入り、父の言う通りに学び、父の命令によって不動産会社に就職しました。

総合商社の営業だなんて嘘ですよ。あれは枝分かれした私の未来をお聞かせしただけです。由梨江と結婚した私の話です。

個人経営の不動産会社はワンマン社長が幅を利かせる劣悪な環境でした。出社するとすぐに二千枚のチラシを配りに行きます。一枚一枚家のポストに入れていく作業です。これは単純に足にきます。私の担当していた地域にはエレベーターの無いアパートが多く、根っこから引きちぎれそうな足を手で引き上げながら階段を上ったものです。

昼過ぎまでに配り終えると今度は飛び込みでの営業が待っています。一軒ずつ訪ねては家を買ってください土地を買ってくださいと頭を下げて回ります。一ヵ月で捌《さば》かねばならないノルマがあって、これを果たせないと厳しく叱られます。オフィスの真ん中にある社長のデスクに呼びつけられて皆の前で罵られるのです。自分の無能さを言葉にして何度も唱えさせられたりもしました。

それでも当時はまだ由梨江と付き合っておりましたから、残業を必死に片付けて劇団の稽古場まで迎えに行き、そこから一緒に歩いて帰るのを何よりの癒しとして辛い仕事にも耐えておりました。

そんな折、母が死にました。これまで話に出てきませんでしたが、つまりそういう人だったということです。大人しく父に従順で、私と同様奴隷のように暮らしている母でした。父の印象があまりにも強烈なためでしょうか、私にはこれといった母との思い出みたいなものがありません。父の独裁的な振る舞いに横並びで耐えていた仲間くらいのものなのです。

母が死んですぐに父は倒れました。私には兄弟がありませんので必然的に父の介護は私の役目になります。私は例の不動産屋で牛馬の如く働かされている時期でしたので何処か施設にでも預けようかと思ったのですが、介護というのはなかなかお金の掛かるものなのです。精根尽きるまで働いても貰える給料は微々たるものでした。父の介護と営業の仕事に挟まれて立ち行かなくなった私は会社に辞表を出してタクシーの運転手になりました。

これが私の真実です。何一つ自分で選ぶことが出来なかった哀れな男の末路です。父に言いつけられて始めた仕事をその父のせいで辞めねばならず、もう一体何がしたいのだと自分でも笑けてきます。

ですから私はどうしても由梨江に居てもらわなくてはならなかったのです。この部屋に戻り、父の糞尿と老犬が放つ堪え難い臭気に咽《む》せるたび私は死んでしまいたくなります。せめてこの生活から逃れられるタクシーの中だけは私と由梨江の聖域として守っていこうと思いました。

一生のうち、二度も同じタクシーに乗り合わせるお客さんなど滅多におりません。どうせ一度きりの出会いならばそこに居るのが本当の私でなくても良いのではないでしょうか。お客さんはただ目的の場所に運ばれれば満足なのでしょう？　その合間にちょっとした暇つぶしとして私と由梨江の話を聞いて頂くくらい許されるはずです。

時間を掛けて築いたかけがえのない家庭。三十年もあればそれは色んなことがあります。時には喧嘩もしましたし、子供達には反抗期もありました。しかしどんな場面であっても私にはその思い出のひとつひとつが愛しい人生の宝です。

ですがこの頃、私は少し変なのです。先日、タクシーの中に由梨江を閉じ込めておくことにふと罪悪感のようなものを覚えました。同時にとめどない後悔と恥ずかしさが溢れてきて涙になりました。ハンドルを握りしめて目黒通りを進みながら大の男が泣いているなんて端《はた》から見れば少し怖いでしょうね。

自ら築いた空想の世界が私を生かしてきたのに、そのことが虚《むな》しい、と確かに感じたのです。

今まで由梨江は私のどんな要求にも応えてきました。私の言う通りに動き、女として妻として母としてありとあらゆる役割をこなしながら私の望みを叶え続けました。もしや私のしていることは父が私にしてきたことと同じなのではないでしょうか。私がそれに気付いたとき、由梨江は悲しげに眉を下げて笑いました。何も言わず、ただ笑って。

そして今夜、由梨江は実体をもって私のタクシーに乗り込んで来たのです。行き先も告げずただ走って欲しいと言いました。

だから私は私達の思い出の場所を巡ったのです。恵比寿、六本木、東京タワー。二十八だった頃の私達が食事をしたり映画館に行ったりして過ごした懐かしい場所へ。

由梨江は街を眺めながら時々何かを考え込んでいるようでした。仕事のことかも知れません。希望とは違うことをせねばならずそれを疎《うと》ましく思うと言っていましたが、それでもおおよそ順調に女優への道を歩んでいるようでした。

お芝居が好きなんですと言った時の表情の華やぎ、あれは生命そのものです。志した道へと直進する強いエネルギー。それは私が持ち合わせていなかったものです。けれど由梨江にはあった。

あれで良かったのだと思います。しがない不動産屋の平社員と結婚して、数年後には義父の介護まで背負い込まねばならないような不幸を、由梨江に背負い込ませず済んだことが幸いです。彼女は好きなようにあの持ち前の奔放さと芯の強さでもって羽ばたいてゆくべきでした。前途多難で強烈な未来へと。

ほとばしるほど激しく愛したのに、由梨江がごめんなさいのたった六文字でそれを拒絶したことを長く恨んでもいました。しかしそれも今夜で終りにしましょう。その気になればもしかすると誰か別の女性と恋に落ちることがあったかも知れません。いつまでも根に持って立ち直る努力をしなかったのは私なのです。人生でたった一人抱いた由梨江の裸体を何度も呼び起こしては自分を慰める夜ばかり。それが常軌を逸した執着であることにも本当は気付いていました。

タクシーの後ろの席で悩ましげに東京タワーを眺めていた由梨江の横顔は本当に綺麗でした。私は最後にあの海を見せてやろうと思ったのです。竹芝の港から明かりを灯《とも》した小型船が出て行くのをよく二人で眺めました。そこへ連れて行こうと思いました。

あの港は私がプロポーズをした場所でもあります。ですから由梨江と共にあの場所へ行くということはなにか決定的な終りを予感させるものでした。

そうしなくてはならないと思う反面、港へ着いたらそのままアクセルを踏み切って海へ飛び込んでしまおうかという考えもよぎりました。しかし、見ず知らずの女性を心中に巻き込むほど私は狂ってもいないのです。

沸き起こる衝動をなんとかなだめている時、後ろから「羽田空港へ」という言葉が聞こえました。竹芝の海に寄せた私の感傷的な思いを断つようにはっきりとした声で。

由梨江はもう過去に生きてなどいないのです。私のように記憶の中の古い場所にしがみついたりしません。どこか遠く、新しい場所へと旅立ってゆくのだと告げられた気がしました。

羽田空港のエントランスに消えて行く後ろ姿を見送った後も、私は暫《しばら》く車を出すことが出来ませんでした。そしてそのまま生まれてから今までで一番大きな声を出して泣きました。

今度こそ本当に由梨江を失ったのです。明日からどうして生きようか正直なところまだはっきりと分かっていません。

けれど明日は休みです。タクシーの中ではなく生活の匂いに満ちたこの部屋で父に食事を取らせその体を洗いながら、まるで嘘っぱちみたいな現実を生きようと思います。

ぱんぱかぱーんとぴーひゃらら

目の前に差し出された封筒をひったくるように受け取ると、すぐさま中身を確認する。五千円札が一枚と千円札が四枚。中身を抜き取って作業着の胸ポケットにねじ込んだ。殺人的な暑さの中、一日働いたというのに、貰えるのはたったこれだけだ。日給一万という約束だが、現場までの送迎費として千円引かれることが不服でならない。車内に充満する苦い体臭に耐えているのだから、むしろ千円余分に貰い受けるくらいのことがあっても良いはずなのに。

「明日は？」

現場監督がぶっきらぼうに尋ねる。年下のくせにその口の利き方はなんだ。

「しばらく無し。腰が痛《いて》え」

顔も見ずに岩崎《いわさき》は答えた。ポケットの中の九千円でまずは冷えたビールを、それからいつもの雀荘《ジャンそう》に行くかと頭の中ではすでに計画を立て始めていた。

駅の高架下にある飲み屋は、時間が早いせいか空いていた。大抵この店で顔を合わせるメンバーもまだ誰も来ていないようだ。タバコを一本貰いたかったがしょうがない。

この店では瓶ビールが一本三百五十円、串は一本十五円だ。一般的な居酒屋からすれば破格なことは皆知っている。承知しているから「この肉はなんの肉だ」と尋ねる客も居ない。

「うめえ」

冷えてはいるが味の薄いビールで正体不明の肉を流し込む。岩崎にとって今日初めての食事だ。それでなくても、このところ金が無くてロクな食事にありつけていなかった。喉から胃に向かって、じんわりと生き返って行くのを感じる。

真面目に働いた一日は、なんと気持ちが良いのだろう。俺がユンボに乗って均《なら》した地面にコンクリートが敷かれ、そこに柱が立ち、屋根が乗っかり、立派な家になるのだ。誰とは知らんが人様の生活を守る立派な家が建つはずだ。感謝したまえ。

もう一本ビールを頼もうか、いやしかし焼酎の方が安いかと考え直して水割りを注文する。いかにも正しい判断だろう。費用対効果ってもんがある。飲み仲間が隣に居れば、この賢明な判断について詳しく解説してやるのに、とつまらなく思いながら、店員に向かって、

「おい、酒をケチるなよ」

と念を押す。

いくらでも飲める気がした。昔、手塚治虫《てづかおさむ》の漫画にあったっけな、「地球を呑《の》む」。ビールだって焼酎だってウイスキーだって何でも来い。今の俺なら、この高架下にひしめいている全ての店を軒並み飲み潰すことだって出来るだろう。

勇ましく串にかぶりつき、くちゃくちゃと肉を噛《か》みながら全能感に酔う。酒を飲んでいる時は、三倍の速さで時間が過ぎる。あの天才だか何だか知らんが、アインシュタインも言っていただろう。あいつが言う相対性理論ってつまりそういうことなんだろ?

楽しく酔えるのは一瞬で、働く時間は永遠に感じる。

難しい理屈をこねくり回さなくたって、俺にはちゃんと分かっている。俺達みたいに、泥んこの中を這いずり回って生きてる人間の方が、よっぽど真理に気付きやすいってこともな。

小便にも行かずに飲み続け、気付けば午前四時を回っていた。常連達がひとりも来ない夜は珍しい。金が無いのだろう。この辺りに暮らしている男達はどれも似たようなもんだ。カップ酒の一つも買う金が無い日は寝るに限る。無駄に動けば腹が減るし、明日のことは夜が明けてから考えれば良い。

それにしたって、揃いも揃って金欠だなんて情けない奴らだ。ひとり酒も明け方まで続くとさすがに飽きてくる。野球でも馬でも、ちょっと話の出来る奴が居れば良いんだが。つまらねえ。

「会計！」

怒鳴るようにそう告げると、岩崎は立ち上がった。自分で思っているよりも、深刻に酔っているせいで、椅子代わりのビールケースが派手に転がる。

「んだよ、この出来損ないが」

舌打ち混じりに悪態を吐き、ビールケースに蹴りを入れると胸のポケットから四千円を出して店員に投げつけた。

「八百円足りないよ」

と、店員は抑揚の無い声で言う。

酔いのせいで理不尽な怒りを加速させた岩崎は、キャラメル色の歯をむき出しにして、

「こんな薄い酒に金が払えるか、馬鹿野郎！」

と怒鳴って店を出て行った。

どいつもこいつも金、金、金。胸くそ悪い。一体誰のお陰で商売できてんだ、ちっとは考えろ。ああいう意地汚い奴らが俺の生活を台無しにしてきたんだ。条件さえ整えば俺だって一流になれたはずなのに。頭は悪くねえんだ、昔から。だけど何をするにも金が要る。

勉強だって金を積まなくちゃ先には進めねえし、仕事を探すにも金が要る。おかしいだろ。こっちは金稼ぐ為に仕事探してんのによ。

そのくせ生まれつき金を持ってる恵まれた奴らが居るときた。世界の仕組み自体がしっちゃかめっちゃかなんだよな。

それで、苦労も知らねえボンボン達がおあつらえの良い仕事に就いて、俺達から奪うんだよ、何もかも。俺は仕事も取られたし、ずうっと前に嫁も持っていかれた、終《しま》いには家まで取り上げやがった。

でもなあ、俺はよくやってるよ。住む所が無くたって、ちゃあんと生きてる。たまにはこうして酒だって飲めるよ。今の仕事だって、昔から付き合いを大事にしてきたから就けたんだろ。俺は昔から情に厚いんだよ。だから、ちいとも寂しいことなんかねえ。たまたま今日はあの店に仲間が居なかっただけで、いつもは騒がしいほど居るんだから。

今から行く雀荘だって、誰か顔見知りのひとりふたり居るはずだ。二十四時間開いてるから、入れ替わり立ち替わり寄ってくんだよ。

大《だい》さんもそっちに居るのかも知れねえなあ。あいつ麻雀好きだからなあ。

まあ、どっか宿を取るってても金が掛かるんだよ、例のカネカネ主義な。だから、よっぽど飲み屋か雀荘か、あとはパチンコ屋かで過ごしてた方が有意義だと思うよ、俺は。どうせ深く眠ったことなんてここ何年もねえんだから、ずっと夢の中に居た方がいいんだよ。

雑居ビルの三階にある雀荘は、表に出ているみすぼらしい看板同様、店内もひどいものだ。その場にいる客のほとんどがひっきりなしにタバコを吸うため、安タバコの煙が充満している。開店当初は美しかったであろう白い壁紙はヤニと雨漏りで変色し、エンボス加工された模様の窪みに長年の汚れがたまって新たな模様を作り出している。

雀卓は十台。卓と言っても本物の雀卓ではない。長机をくっ付けて並べ、その上にオモチャ屋で売られているようなテーブルゲームの麻雀牌を出してあるだけだ。午前五時に差し掛かっても、そのうちの一つには客が居た。三人連れの男と、頭数に入れられたここのマスターとで四人。

店の一角には、畳敷きの休憩スペースもある。小上がりのようになっていて、黒ずんだ座布団が数枚と、スポーツ紙がいくつか置いてある。岩崎はここへ上がり込んだ。はなから麻雀をする気は無い。

「奥さん、酒とラーメン」

麻雀を楽しむ四人を、少し離れた場所から眺めていたママに声を掛けた。

「はいよ。固さは？　いつもの？」

「うん、柔いやつな」

はいはいと頷《うなず》きながら奥の調理スペースに引っ込んでいくママの尻を眺めていた。黒いスパッツは長年穿《は》き古しているのか生地が薄く伸びきっている。透けている下着の線、そこに包まれた大きな尻が揺れているのを見ると、何故か岩崎は安らぎを感じた。さっきまでの刺々《とげとげ》しい気持ちが、女の大きな尻に包まれて温もっていく。

薄汚い座布団に腰を下ろし、瓶ビールを飲みながらスポーツ紙をめくっていると、丼が運ばれて来た。インスタントの袋麺を茹《ゆ》でてハムを一枚載せただけの質素なラーメン。しかし、立ちのぼる湯気と胡麻の香りを吸い込むと涎《よだれ》が出る。鉄は熱いうちに打て。一気に麵を啜《すす》る。

「ああ、うめえ」

そんな岩崎の様子を、小上がりの端に腰掛けたママが微笑みながら見ていた。堅物のマスターと違って、ママは愛想が良い。歳が歳だから、体形も顔も少々崩れてはいるが、ころりと丸い笑顔はどこか仏様に似ている。少し脂肪が付いている方が良い。特に歳をとった女は。

「ふふふ、美味《おい》しそうに食べるわねえ」

「美味《うま》いよ。コレもあるしな」

岩崎はビールのグラスを持ち上げて見せる。

「たいしたものは出せないけどね、仁《じん》さんいつもラーメンだから切らさないように置いてるのよ」

「はは、ありがてえな」

「ちょっと茹で過ぎたかしらね」

「いや、ちょうど良いよ。このくらいが」

子供の食事を見守るようにママはこちらを眺め続けている。もしかして、俺に気があるんじゃねえか？　と思った。

「奥さんも一杯飲むか？」

まだ残っている瓶ビールを指差し尋ねると、

「あら、じゃあ少し頂こうかしら」

チラリとマスターの方を見てから、ママは自分のグラスを持って来た。

「奥さん、若い時はモテたんだろ？」

「え？　何言ってんのよ。そんなことないわよ」

「いやいや、相当なべっぴんだったとみたね、俺は」

「もー、そんなこと言ってくれるの仁さんだけよ？　そんなにモテてたら今頃こんな生活してないでしょう」

「はははは、それもそうだなあ」

二人の会話を割って、奥の席からマスターの咳払いが聞こえた。こちらを見てはいないが、話し込んでいることに気付いた風である。

「あら、いやだ。灰皿かしら」

咳払いの真意を察して、ママは岩崎の側から離れると奥に下がってしまった。

久しぶりに良い気分で女と話していたところに水を差され、岩崎はマスターの後ろ姿に舌打ちする。あいつが居なければ、もしかすりゃこの後奥さんのでかい尻を撫でることくらいはできたかも知れないのに。わざとらしく咳なんかしやがって。ああいうむっつりした野郎に限って、独占欲だけは強かったりするからな。

裸のママが鎖に繋がれている姿を想像した。マスターの口笛ひとつで芸をする忠犬だ。

四つん這いになって散歩をする時も、道草を食うことは許されない。先を行くマスターが乱暴に鎖を引いて歩く。思い通りにならないママを、マスターが何度も打《ぶ》ち、その度にママはきゃんきゃん鳴く。

お前は俺の飼い犬だ、逃げたら承知しないぞ、と怒鳴るマスターの頬は上気し、手のひらが音を立てて肉にめり込む度に、彼のみぞおちから興奮がせり上がってくる。お尻を真っ赤にしたママも、降り注ぐ怒号と殴打の中でいつしか恍惚の表情へと変わる。そして眩《まぶ》しい幻覚を見ながら涎を垂らして鳴き続ける。

暴力と支配と服従の中で二人の結び目はより固く、複雑に縺《もつ》れていくのだ。自分達の意志でそれを解くことはもう出来ない。だが、それで良い。二人が安心できる方法はこれしかないのだから。

すました顔をして暮らす夫婦の恥部を心ゆくまで妄想し続けて、岩崎の夜は明けた。勝手に飲み干してしまった常連のキープボトルの勘定も、しっかりマスターに回収され、小さく悪態を吐きながら店を後にした。

全財産は三千円。

※

「佐久間《さくま》さんの親指って、いっぱい毛が生えてるね」

足の指を洗ってやりながら、ふと気付いた。何度もこうして体を洗ってあげているのに、どうして気付かなかったんだろう。芝生のように真っすぐで濃い剛毛が皮膚に突き刺さっているみたい。

「そうか～？　男は皆こんなもんだろう？」

朗《ほが》らかな佐久間さんは、のんびりとした口調で答える。全身を柔らかな泡に包まれて気持ちが良さそう。二人でクスクス笑いながら、私達は清潔になる。

風呂から上がり、佐久間さんが体を拭いている間に、アメニティの歯ブラシを開けて出しておく。ブラシの部分に歯磨き粉を絞っておくのも忘れない。こういうちょっとしたことで「気が利くね」と褒めてもらえるのだ。

私も軽く歯を磨き、お風呂で崩れてしまった化粧を手直しする。佐久間さんの歯磨きが終るのを見計らいコップに水を注ぎ、イソジンを二、三滴垂らしてから渡してあげる。

「くちゅくちゅしてね」

高めの声で言うと、佐久間さんはニコニコしながら頷く。口の端から白い歯磨き粉を垂らして子供みたいだ。

準備の整った佐久間さんを、糊《のり》の利いたシーツにまっすぐ寝かせる。ぽっこりと盛り上がった中年のお腹は油断以外の何物でもなくて、私はかえってホッとする。自分の体に巻いていたバスタオルを床に落として、彼の上に股がり、

「久しぶりだからいっぱいサービスしちゃうね」

と笑ってみせた。

「嬉しいなあ。アッコちゃんはいい子だから好きなんだよ」

本当に嬉しそうに答えた佐久間さんを見て、私も嬉しくなる。佐久間さんこそ良いお客さんなんだから。

どこをどういう順番で責めれば良いかは知り尽くしている。当たり前でしょ。大切な太客の好みは頭に叩き込んで置かなくちゃね。

一番気持ちいい場所は最後に取って置く。まずは優しく、じらすように皮膚の薄い横腹やももの内側から。

徐々に熱を帯びてピンク色になっていく佐久間さんの体。なんだか女の子みたい、と思う。皮膚と脂肪を押し分けて敏感な場所にたどり着いた頃には、鼻息も荒くなって、時々体が跳ねる。

珍しいことでもないのかも知れないけど、佐久間さんは男の人の中では割と大きな声を出す方だ。快感の波が大きくなってくると、独特の高い声で規則的に喘《あえ》ぐ。その声がオットセイに凄《すご》く似ていて、いつも笑いそうになってしまう。

もしも吹き出してしまったら大変だ。男の人は結構こういうのを気にするものなのだ。だから、その声が上がり始めると私も一気にペースを上げる。笑ってしまう前にイッてもらわなくちゃ。

「はいどうぞ、ありがとね」

帰りの身支度を済ませた私に、佐久間さんが封筒を差し出す。会う時はいつも、ちやんと封筒に入れたお金を用意して来てくれる。本当に律儀な人だ。

「ありがとう。二回ともすごい量だったね」

「そうだったかな。久しぶりだったものでね」

「なんか嬉しかった～」

「本当かあ？　アッコちゃんは営業も上手いからなあ」

「ひどーい、佐久間さん。意地悪だあ」

「悪かった悪かった、気を悪くせんでくれよ」

「えへへ、じゃあまた会ってくれる？」

「まあ……そうだね、またお願いするよ」

「えー、ちょっと間があったー。ひどーい」

「いやいや、そんなことはないよ。またこちらから連絡させてもらうよ」

「約束だよー」

「はいはい。約束だね」

相変わらずニコニコしているし口調も優しいけれど、もう来た時の佐久間さんじゃないのを私は知っている。どこかよそよそしくて、目の奥が笑ってない。早く帰りたいって気持ちがにじみ出ちゃってる。

みんなそうなんだけど、やっぱり寂しい。佐久間さんみたいに良い人でも、出すもの出したら急にシラフになる。付き合いのある人達の中では佐久間さんが一番古いし、無理なプレイも要求せずにただイクまで寝てるだけの最高のお客さん。ホテルも取ってくれるし、お金も他のお客さんより多めにくれる。一緒に居るとお父さんみたいって思う時もあって、大好きなのになあ。

愛人にしてよなんて、今日も言えそうにない。

全財産は、一万五千円。

※

体が痛え。公園のベンチで暫《しばら》く横になっていたはいいが、日が昇って来ると暑くて寝られたもんじゃねえ。それに加えて眩しいし固えし最悪だ。

しかしこの辺りの簡易宿泊所に入ったって最悪なことに変わりはねえ。この街には、出稼ぎや、家の無い日雇い労働者の為の安い宿泊所が立ち並ぶ。金に困っている奴ばかりだから必然的に街全体の物価も低い。

一番安い宿で千八百円くらいだと思うが、三畳の狭い和室に汚れた布団が一組敷いてあるだけで、クーラーも何にも無《ね》えんだよ。カラーテレビ完備と書いてある宿は更に値が上がる。二千三百円だぞ？　何がカラーテレビだ。狭《せめ》え部屋を圧迫されて、それでもわざわざ泊まりに行く奴は原始人だな。

風呂なんかシャワールームってやつで、三つくらいしかねえのを泊まってる奴らで順繰りに使わなくちゃならん。ゆっくり浴びようもんなら気の短い奴が怒鳴り込んで来るし、そうでなければ手癖の悪い奴に脱衣所の財布を掏《す》られたりしてロクなことがねえんだ。

トイレだって共用でまともに掃除なんかされちゃいねえんだから公衆トイレと大差ねえしな。

どっちにしたってこの街じゃまともな宿なんか取れっこねえってこった。

ああ頭が重い。シャキッとするためにはビールが一番だが、それにしたってまずは金をどうにかしないとな。腹も減っている。まあ、手元にある金を増やすにはパチンコが一番。軍資金は三千円、男なら勝負だろ。

平日の昼ということもあって店内は空いている。クーラーが効いているお陰で汗も引いてきた。作業着の湿った背中が冷えてむしろ鳥肌が立つ。

俺に幸運を運んでくるのは、どの台かな。人が少ないから今日は選び放題だ。いつもより時間を掛けて台を吟味し、金を突っ込む。椅子の上に片膝を立てて座り、体勢を整える。これが一番落ち着くんだよな。椅子に上げた方の足指をいじくりながら、せわしなく動き始めた台を睨《にら》む。

まあ出だしはこんなもんだろう。もう千円追加。

台を回しながら、無意識に擦っていた足の甲がねちねちとした質感に変わる。体に染み付いた汚れか垢か、擦《こす》り出すと消しゴムのカスみたいに皮膚から床にこぼれ落ちる。当たったら久しぶりにサウナで風呂に入るか。

あっという間に無駄になった二千円。馬鹿みてえに一瞬じゃねえか。

「クソが」

イライラして来た。もう知らん、これで当たらなかったら俺は何をするか分からねえぞ。最後の千円札を入れる。

「あっ」

入れてすぐに変化が起きた。風向きが変わったぞ。おいおいおい、これはもしかして、もしかする感じだろオイ。いいぞいいぞ。

派手に点滅するLEDライトは岩崎の心拍数とひとつになった。

水着姿のアニメキャラが中央の画面に現れ、光に満ちた海の中をすごい速さで泳ぐ。泳ぎ続ける視線の先に豪華絢爛な竜宮城の大門が現れ、女はその扉に手をかける。観音開きの扉が開くと、色とりどりの魚達と共にまばゆい光が解放されこちらに向かって飛び出して来た。そして、けたたましい効果音が彼の勝利を祝う。

数十年に一度あるかないかの大当たりだった。

「やった。……やったぞ」

興奮で息があがり、笑い声もでたらめになる。心臓と肺がくっ付いて大きなポンプになったみたいだ。凄い力で収縮している。

俺は勝ったんだ、この勝負に勝った。最後の千円でこの大勝利を勝ち取ったんだ。俺が持っている最後の金だぞ。これが無くなっちゃ無一文になるところだったんだ。大した勝負師だよな、俺は。ケツの穴の小せえ男には到底まねできんだろう。全てを賭けるなんてことはよ。

目の前の台は全てのライトを光らせて騒がしくパチンコ玉を吐き出し続けている。じゃんじゃん出てくるぞ、見てみろよ、無限だ。こんなの見たことあるか？

誰かに自慢したくてたまらず、岩崎は周囲を見回した。同じ列で打っている客はほとんど居ない。しかし、数メートル離れた場所に女が一人突っ立っていた。台を物色している様子でもなく、ただそこに立ってこちらを見ている。

三十代半ばくらいだろうか、濃い化粧をしているせいで顔立ちが幼いのか老けているのかハッキリしない。胸元が大きく開いた黒いニットと目の覚めるようなショッキングピンクのミニスカート、ぴっちり脚の形にフィットしたロングブーツを履いている。ひょっとして何処かで会った女かとも思ったが、こんな派手な格好の知り合いは居ないはずだ。

岩崎が女の脚から顔まで何度も視線を往復させる間も、女はその場から動かずに立っている。もしかすると岩崎が台に夢中になっていた間ずっとこちらを見ていたのかも知れない。

大当たり直後の高揚感に任せて岩崎はごく自然に手をあげた。知り合いにそうするように、軽く「よう」と声に出して挨拶する。

女もそれに応えるように片手をあげた。分厚い唇ではにかんだように笑っている。そしてゆっくり間をおいてから女の口元が小さく動いた。こちらに何かを言っているようだが、店内の騒がしさに掻き消されて全く聞き取れない。無声映画のヒロインのように思えた。

痺れを切らして岩崎は手招きする。「聞こえねえんだよ」という彼の声もまた掻き消されて女には届かない。けれど、女はまっすぐ岩崎に近づいて来た。見ず知らずの他人同士が無意識にとる物理的な距離を簡単に越えて、女は岩崎の耳元に口を寄せた。

「お祝いに抜いてあげようか」

トイレの個室は大人二人が入るにはひどく窮屈だ。体のあちこちをぶつけながら、なんとか体勢を整えて向かい合う。二人分の体温で温まった空間にむせ返るようなアンモニアの臭いが充満している。

「お前、なんて名前?」

取りかかる前に名前くらいは知っておくのが礼儀かもしれないと思い岩崎は聞いた。

「アッコ」

女は既に岩崎の腰の高さにしゃがんでいる。ベルトと作業ズボンのホックを外しにかかりながら女は名乗った。

「そうか、アッコか」

「うん」

「……本当に三千円でいいのか？」

「別にいいよ」

カチャカチャと金属音が響く中、女は短く答えたがすぐに手を止めて岩崎を見上げた。

「あ、もしかしてもっとくれるの？」

「え……」

「五千円なら本番アリにするけど？」

「いや、狭えし……、いいわ」

「なんだ」

女は笑いながら再び作業に戻り、岩崎の下着を降ろした。最初に微笑みかけた時の印象的な厚い唇が、躊躇《ちゅうちょ》もなしにねっとりと岩崎を包む。

どうしてこんなことになったんだっけな、数十分前にさかのぼり順を追って考えようとしたけれど、粘膜の気持ち良さがそれを許さない。

忘れかけていた感覚が腰の辺りに蘇る。断ったばかりだが、まだ本番アリにするかどうか迷っていた。金はあるのだしこのままあっさり果ててしまうのはもったいないような気がしてきたのだ。

二千円追加すれば女が抱ける。だが、パチンコ屋のトイレで行われる十五分かそこらの処理に五千円も払うのか、と思うと途端に金が惜しくなるのだった。

岩崎がそんなことを考えている間も女はせわしく頭を前後に動かし続けている。何を考えているのだろう。女の目は開いているが、全ての意識は口元へいっているらしく、瞳に光は無い。激しく動いている割に顔色が冴えないのは、化粧が濃いせいか、それとも蛍光灯のせいか。

「ねえ」

突然女がくぐもった声をあげた。喉の深い場所から放たれたその声は、湿った洞窟の奥から聞こえる化け物の声だ。

「風呂くらい入りなよ。かなり臭いよ、あんたのココ」

岩崎のものを咥《くわ》えたまま、上目遣いにアッコは言った。ふがふがと不明瞭なその台詞《せりふ》から、あぶり絵のように時間差で意味が浮かび上がって来た。

この女……。カッと耳が熱くなった。

俺を馬鹿にしてんのか！　爆発的に怒りが込み上げる。沸騰した血液が駆け巡り、岩崎の顔は一瞬で赤紫に染まった。

「おい！　てめえ馬鹿にしてんのか」

「えっ」

「なあ！　そうだろ。お前、俺をナメてんだろうが！」

「えっ……待っ……」

「ああ？　何が待てだよ、お前から誘って来たんじゃねえか。金が欲しくて擦り寄ってきた貧乏女のくせによ！　何が風呂に入れだ！」

「きゃあ！」

女の髪を摑み乱暴に引き寄せた。頰を張って口を開けさせ、再び自分のものをねじ込む。力任せに奥まで突っ込むと、女の喉からごぼりと妙な音がした。

手を突っ張って岩崎から逃れようと必死だが体勢を整えるには個室が余りにも狭すぎる。

再び強く髪を摑み上げ、今度は腰を動かした。骨盤で女の顔を殴りつけるように激しく前後させる。腰を突き出す時に、髪の両サイドを摑んで自分の方へ引き寄せるようにすると、より女は苦しんだ。

「おい、噛むんじゃねえぞ。歯ァ立てたら殺すからな！」

返事はない。代わりに横隔膜が大きく波打つ音が響いている。大海原のうねりのように深くて低い水の音だ。

そう、俺は船を漕いでいる。オールを引き寄せ、体を前後に揺らして海を渡るのだ。海賊になった俺は無敵で、誰一人として敵う奴はいない。雄々しく腕を振れば全てが俺の前にひれ伏す。馬鹿にする奴は殺す。こうして腰を打ち付けてぐちゃぐちゃに殺してやる。辱めて分からせてやるんだよ。俺を下にみようだなんてことは許さねえ。絶対に許さねえ。

「なあ！　分かってんのかオラ！」

速度を上げながら女の顔を覗《のぞ》き込む。真っ赤に充血した目から止めどなく涙が溢れている。放射状に広がった睫毛《まつげ》の中心に、濁った黒目が震えていた。喉の奥を激しく突かれ、込み上げた吐瀉物が行き場を無くして鼻から溢れ出ている。呼吸もままならずこめかみに浮いた幾筋もの血管をぴくつかせながら、しかしそれでも女は歯を立てない。殺すと言ったのが効いているのか。

「臭えのか、え？　俺が臭えってか？　言っとくけどお前の顔の方が臭えぞ。吐きやがって」

侮辱的な言葉を投げつける度に岩崎の快感は高まっていった。抵抗も出来ずに粘膜の管と化している女を見ると腰の真ん中に甘い痺れが走る。

「お前みたいな馬鹿な女はな、俺が教育してやんなくちゃダメなんだよ。正しい礼儀ってやつをさ、こうして、こうして、おら！　こうして教えてやってんだよ！」

体中の血管を彗星が移動している。それぞれが熱を帯びて、腰に降り注ぐ。爆発する。爆発する。光が集まって爆発する！


しばらく、音が消えていた。果てしなく広がった静寂の中に取り残されたようだ。足に力が入らず、倒れ込むように便座に座った音も聞こえなかった。

胸の中心に振動がありただそれを感じている。それが自分の心臓の音なのだと分かり始めたころ、遠のいていた周囲の音がゆっくりと戻って来た。パチンコ台の騒がしい音、店内放送の声が聞こえる。そして四つん這いの女が咽《む》せている音。

全身の力が抜けていて、まだ動くことは出来ない。しかし高く昇っていた意識が戻ってくると、ここは地獄のような有様だ。

汚れたタイルの上に散った吐瀉物と体液、そこに手を突いて嗚咽《おえつ》している女。両手両脚を開いて王様のように便座に座っている俺はズボンも下着も引き下ろしたまま、濡れた恥部を晒《さら》している。

自分が作り上げたこの惨状を受け入れられず、呆然と座りこけていた。

どのくらいそうしていただろうか、激しく咽せていた女の呼吸が落ち着き、トイレットペーパーに手が伸びた。震える手でちぎり取り、洟《はな》をかんでいる。濡れて頬に張り付いていた髪を掻き分けて、女がゆっくりと岩崎を見た。その仕草が幽霊のようで恐ろしく、どうかこちらを見ないでくれと思った。

化粧もほとんど流れ落ちた女の顔は、声を掛けて来たときよりもずっと幼く見える。目も鼻の先も真っ赤にして、迷子の子供のようにも見えた。

何か言葉を、と思ったがかけることばが何もない。岩崎がたじろいでいると、女が先に口を開いた。

「ごめんね」

まだ喉の奥に何かがつかえているような声で女は一言そういった。声を出したら何かがまたせり上がってきたのか慌ててトイレットペーパーを巻き取り咽せている。

岩崎は圧倒されていた。たった一言に。

さっきまでの惨劇がスローモーションで再生される。回想でなぜか岩崎はトイレの個室を上から覗いていて、怒りに我を失う自分の姿を見下ろしている。

傷付けられたプライドの仕返しとしてはあまりに行き過ぎていた。殺意さえ覚えていたではないか。風呂に入れと言われただけで。

それなのにこの女、どうしてか分からない。何故謝るのか理解出来ない。

「えっ、泣いてるの？」

女に言われて気付いた。両頰をつたう涙が、顎《あご》の先からぽたぽたと便器の中に垂れていた。岩崎は怖かった。「ごめんね」が宇宙のように底なしの真っ黒で、吸い込まれてしまいそうだ。

うろたえる女の顔を見るともっと涙が溢れた。こんなに汚く不細工な女が、自分のことを心配してくれている。それはあまりにも悲しく優しい。

堰《せき》を切って溢れ出した涙はもう止めることが出来なかった。今度は岩崎が嗚咽まじりに泣く番だ。女はよく分からないままその光景を見ていたが、やがて手を伸ばして岩崎の頭を母親のように撫でた。

頭に乗った母性の質量を感じると、岩崎はまた獣のような声を出して泣いた。

※

「ボディーソープが切れてたからグリンス使っちゃったんだけど、痛くなかった？」

「グリンス？　何だそれ」

「ソープランドとかで使うでしょ？　まあ石鹸とそんなに変わらないよ」

「ふーん」

「染みなかった？」

「別に」

「じゃあ大丈夫だね」

「何が？」

「怪我してたり性病だったりすると染みるんだ、アソコに」

「へえ」

山積みになった服を掻き分けて座る場所を作ってあげる。仁さんは腰にバスタオルを巻き付けただけの格好でどっこいしょとそこに座った。私の部屋が散らかっているからか落ち着かない様子で周囲を見回している。

あのパチンコ屋に入ったのは今日が初めてだった。いつもは家に一番近い店を覗くんだけど、たまたま駅の向こう側のホテルで客を取ったから帰り道に寄っただけ。小銭を稼ぎたい時はああやってパチンコ屋とかサテライトのボートレース場とかを覗いて、勝ってる人に声を掛ける。だって、てっとり早いじゃない。お金を持ってることは確実なわけだし。

でも、最初からあまり大きい金額で交渉したりはしない。手に入れたばかりのものをちょうだいと言われると、かえって人はケチになる。だから三千円でお願いしてみて、オッケーだったら行為の最中に少しずつ交渉することにしてる。

それにしても最近見た中じゃちょっと居なかったかも。仁さんくらい勝ってる人は。びっくりして見入っちゃったもん。オイシイ匂いがぷんぷんしてた。

あれは私が悪かったんだと思う。悪気はなくって、ただちょっと感想を言ってみたくらいのつもりだったけど仁さんすごく怒っちゃって。男の人って案外デリケートなところあるしね。

でも終った後に泣き出した仁さんを見た時は何だか切なくて私まで泣きそうになった。私達二人だけがトイレの中に閉じ込められて、全世界からいじめられてるような気分だった。

もしかしたら今日あのパチンコ屋に入ったのも仁さんを見つけたのも全ては運命だったんじゃないかと思う。仁さんは弱さを見せられる相手が欲しかったし、私は叱ってくれる人が欲しかった。きっとそういうことなんだと思う。

「ビールでいいか？」

うちに来る途中で買ったビールを仁さんが差し出す。缶のまま乾杯して一気に半分くらい飲んだ。

「あーおいしい」

「お、結構飲めるのか？」

「好きだけど、強くはないよ」

「いいじゃねえか、低燃費」

「きゃはは低燃費」

「まあ好きなだけ飲めよ。今日は俺の奢《おご》りだよ」

「ありがとー」

「泊めてもらう上に、体まで洗って貰うとはな」

「いいの。さっきのお詫《わ》びみたいなもんだから」

お詫びと聞いて仁さんは少し気まずそうな顔をした。

「なんか……悪かったな」

「え？　いいよもう。終ったことだしさあ」

「カッときちまって。あんな風にするつもりじゃなかったんだけどよ」

「いいよ、気にしないでよ。私そんなにへコんでないって」

「だって……」

眉毛が下がって怒られた子供みたいな顔をしている仁さん。こういうギャップって、すごく可愛い。

仁さんをなだめながら、コンビニで買った総菜やスルメを開けて床に広げる。誰かと一緒にお酒を飲むなんて久しぶりで嬉しい。

裸でビールを飲んでいる姿をじっと見ていると、作業着を着ている姿とは随分印象が違う気がする。胸とかお腹の皮膚はたるんでるけど太ってるわけじゃないし、無精髭を整えたら渋めのちょいワル親父って感じかも。髪も今みたいに濡れていてオールバックにしている方が若く見える。

名前しか知らないこの人は一体どんな人なんだろう。私のこと、愛してくれはしないかな。

「お前はいい女だよ」

「えー何？　急に」

「いや本当だよ。まだ若《わけ》えのに大したもんだよな」

「そんなことないよ。私、全然フツーだよ」

私がそう言うと仁さんはフッと鼻で笑ってビールを呷《あお》った。言ってしまってから、ふと普通って何だっけと考える。

「やっぱフツーじゃないのかな」

「ん？」

「私、やっぱフツーじゃないかも」

「ははは、お前なんか面白《おもしれ》えな」

「笑うとこじゃないよ。だって私濡れてたんだから」

「は？」

「仁さんが怒ってめちゃくちゃしてた時、私ちょっと気持ちよかったの」

「お前、変態なのか？」

「分かんない。けど嬉しかったっていうか、ああして欲しかった、っていうか」

「それ何て言うか知ってるか？」

「え、知らない。何」

「マゾって言うんだよ」

「あはは！　そんなの分かってるよ、自分がドMなことくらい」

「はははははは！　そうか、そうか！　知ってたか」


怒鳴られたり、叩かれたりした後にだけ味わえる幸せがある、と思う。揺り戻しのように愛を感じる。だって愛は暴力の反対側にあるのだから。

昔、友達のそのみちゃんにこの話をしたら「もっと自分を大事にしなよ」と言われたことがある。そのみちゃんは何も分かってないと思う。どうせ私に説教して大人ぶりたいだけだ。十五歳になる前から売りを始めたクセに、よく自分を大事になんて言えるなあ。三十過ぎてもバージン気取りのままじゃ、稼げないわけだ。

私の言いたかったことが仁さんに伝わっているかは分からない。けれど二人とも大きな声で笑った。仁さんはいつの間にか沢山ビールを空けていて、私にもどんどん勧めてくる。仁さんが太鼓のようにぱんぱか膝を叩いて笑い、私がお囃子《はやし》のように歓喜の声をあげる。お祭りのように楽しい夜だ。世の中の難しいことは全てどうでもよくって、ただ私達二人が愉快に酔っ払っていた。

「なあ、アッコ」

急に声色を変えて仁さんが私を呼ぶ。

「何?」

「お前、あれだ。俺の女になれ」

チラッとこちらを見ただけで、後はふてくされたようにそっぽを向いている。けれどそれがただの照れ隠しなことは明白だ。仁さんはそういう人。話している内に段々彼のことが分かってきた。男らしくて照れ屋で、弱さも強さも持っている私の運命の人。

私は姿勢を正して、出来るだけ女らしく可愛い声で返事をする。

「地獄の底までついて行きます」

※

「空に〜そびえる〜くろがねの城〜♪　スーパーロボット〜マジンガーZ〜♪」

俺のテーマソングを歌いながら土を盛っていく。小型のユンボなら自分の手足同然だ。四本のレバーを操って自由自在に動かせる。

「おいユンボ！　一旦こっち頼むー！」

お、助けを呼ぶ声が聞こえるぞ。すぐに出動だ！

機体を発進させるレバーに手をかけて体勢を整えた。

「パイルダー・オン！」

掛け声と共にロボが進み始める。動力はもちろん光子力。標的に向かって突進しながら俺はパイロットの兜甲児《かぶとこうじ》とひとつになる。

うずたかく積まれた砂利の山はトラップに違いない。Dr．ヘルめ、姑息《こそく》な野郎だ。だが、あんなチンケな仕掛けで俺を倒そうだなんて笑いが出るぜ。超合金のこの体にかかれば一巻の終わりだ。くらえ、

「ロケットパンチ！」

豪腕が繰り出したマッハ2のスピードで敵は木っ端みじんに砕け散った。

ざまあみろ。俺の腕前を見たか。さあどんどんかかって来い。どんな奴が向かってきても怖くないぜ。ロボを巧みに操って、瞬く間に成敗してやる！

「おい岩崎ぃー！　そっちが終ったらこれを早く盛らんか！」

お、また出動要請のようだ。機械獣め、今度は三万度の必殺技ブレストファイヤーで焼き殺してやる。正義の味方も楽な仕事じゃねえ。

日が落ちるのと同時に作業は切り上げになった。

年下の現場監督がぶっきらぼうに日給を手渡しながら、

「明日は」

と尋ねてくる。

「明日も出る」

俺は答えた。この半月で八日も現場に出ている。ここ数年の俺からすると珍しいことだ。どうも最近調子が良い。なんの調子かと言われれば、それはエネルギーとかエナジーとかいう感じだと言わねばなるまい。

パチンコ人生で一生に一度あるかないかの大当たりを出したあの日。当たりの直後にアッコが現れた。それを上手い具合に口説き落とし、そのおかげで住む場所にもありつけたという訳だ。芋づる式に幸運がズルズル連なってやってきた。今の俺にならない「幸せすぎて怖い」って感覚が分かるよ。ま、これも厳しい生活を耐えに耐え抜いて来たことへの報酬みたいなもんだろうけどな。

アッコという女。言うなれば俺のミューズだ。有名な芸術家の側には必ずミューズと呼ばれる女がいるだろ。あいつはそれだよ。

悩ましげに男に擦り寄っていっては、食虫植物みてえに喰らい付く。だけど、全部一気に食うことはしない。ゆっくりゆっくり、溶かすみてえに金を吸い取るんだよ。色んな男に管を伸ばしてさ。馬鹿共は気付かねえ。その金でアッコが俺を食わせてくれることも、酒を飲ませてくれることもな。たまに小遣いだってくれるんだぜ。あいつらが死ぬまで気付かねえままだとありがてえよな。

それにしたって悪い気はしねえな。一回り下の女ができるってのは。

健気に金を集めてくるあいつを見てるとさ、なんだかいじらしくて俺もジッとしていられないってわけよ。そんで近頃は真面目に働いてんだよ。夜だってアッコが帰ってきたらちゃんと抱いてやってんだから。男としての義務だよな。

現場からの帰り道ふとパチンコ屋に寄った。特に打ちたいわけではなかったが「今日は遅くなる」と出がけにアッコが言っていたのを思い出したのだ。あいつが客をとっている間ひとりで家に居るっていうのもつまらねえし、暇つぶしだ。

騒がしい店内をぐるりと見回してめぼしい台を探していたら、飲み仲間の大さんの姿を見つけた。格好は俺と似たりよったりで、着古した作業着に鉄板の入った作業靴を履き、いつもの癖で小刻みに貧乏ゆすりをしている。久しぶりに見かけたが、ご機嫌な様子から察するに台が良く出ているようだ。

「よう、大さん。出てんじゃねえか」

肩に手を乗せると必要以上に驚いた様子で大さんが振り向く。

「なんだ仁ちゃんか」

「えらく久しぶりだな」

「おう。単発で静岡の現場に行ってたんだよ」

「儲かったか？」

「え？　なんだって？」

聞こえ辛いらしく、しかめ面で聞き返した大さんの顔はブルドッグにそっくりだ。

「金・に・な・っ・た・か？」

「ああ。いや全く。近頃は地方の現場も稼げないね」

「そうか。なあ大さん、ここじゃ五月蠅《うるさ》くてかなわんから飲みにでも行かんか？」

「うん。キリの良いところまで打つから、先に行っといてくれ」

「分かった。いつものとこな」

大さんの太った肩を撫でてから店を出た。結局自分はパチンコを打たずに出てきたが、酒を飲むと決まるとすぐに頭がそっちになってしまった。

日給の九千円は持って帰って来いとアッコに言われている。家賃の支払いがまだとかなんとか言っていた。しばらく考えたが結論としては「知ったこっちゃない」だ。俺の稼いだ金だしな。そもそもアッコと会う前は自分で稼いだ金は全部自由にしていたんだ。今日は酒を飲むぞ。

パチンコ屋の側にある景品交換所を通り過ぎるとき、気まぐれで中に声をかけた。小窓を叩くとすぐに開いて、中から憎たらしいババアの顔が現れる。

「あら仁ちゃん。勝ったのかい？　カード出しな」

「いや今日は打ってねえ。たまたま通り掛かったから覗いただけだよ」

「まあ珍しい」

「生存確認ってやつだよ。ババアがぽっくり逝ってねえか確認しねえとな」

「あらあらありがとね」

ニコリともせずにババアは頭を下げた。こいつとは古い仲だが素性はよく知らない。俺がこの街に来たときにはもうこの景品交換所に居たし、当時から既に「換金ババア」というあだ名で呼ばれていた。結婚してる風でもねえし、いつも小窓越しに会話するから全身の姿さえ見たことがない。変なババアだ。

「仁ちゃん、あんた身なりが綺麗になったね。女でもできたかい？」

「お、勘の鋭いババアだな。お察しのとおりだよ」

「若い女だね？」

「だったら何だよ」

「なんでもないさ。ただ……」

「ただ何だよ」

「長いこと半端もんだったあんたが普通の生活しようってのは苦労するよ」

「はあ？　うるせえよ。早く死ね、ババア」

「はっはっはっはっ」

ババアは大声で笑った。前歯に一本だけ金歯がある。お前の歯だって半端もんじゃねえか。しかし、心の中ではババアの言葉が後味悪く尾を引いていた。

二十分ほど遅れて、大さんは店にやって来た。余り玉で貰ったチョコボールを土産だと言ってこちらに寄越す。普段はケチ臭い性格だが、今日は一杯目からホッピーを注文している。どうせ酔うなら安くても一緒だとポリタンク酒ばかり飲んでいたくせに。どうやら金に余裕があるらしい。パチンコも勝っていたようだし出稼ぎにも行ったと言っていた。案外たくさん持ってんじゃねえの？

乾杯を済ませると大さんは美味そうに喉をならして酒を飲んだ。細い目をますます細めて笑う。肉まんの神様だな、こいつは。ホクホクと湯気を立てて笑う肉まんの権化だよ。

「長らく仁ちゃんと会わなかった気がするよ」

肉まんは嬉しそうに言う。

「やっぱり仁ちゃんと飲む酒は楽しいよ」

俺の機嫌を取ったところで何になるのかは知らねえが、おべっかを言いながらどんどん酒を飲む。ああ、グラスを持つ手も肉まんみてえだな。

ふっくらした手の甲と指。それぞれの先っちょにシジミの殻みてえな爪が付いている。色もシジミの色だ。濁った黒。爪と皮膚の間には汚れがびっしり詰まってる。爪の間を見ればだいたい何やってる人間か分かるな。

そこまで考えてから初めて気付いた。大さんの爪の間にある汚れの赤黒さに。爪の間だけじゃない。爪の生え際や甘皮のところまでぐるっと赤黒い汚れが残っている。土木の仕事をやった汚れじゃねえ。直感で分かった。

地方の現場だなんて言って隠しているけれど、こりゃもっと大きなヤマを張って来たに違いない。

注文していた串が出てきた。大さんは待ってましたと手を伸ばし、豪快に食っている。不愉快な音を立てて口を開けたまま咀嚼《そしゃく》している姿に吐き気を覚えた。

「仁ちゃんも食えよ。温かいうちにさ」

親切に勧めて来た笑顔と、赤黒く染まった爪のどちらがこいつの本性なのだろう。

串に刺さった安い肉の正体を俺は知らない。

※

化粧をしていてもごまかせないシワが増えた。隠そうとしてファンデーションを塗り込むほど筋になって浮き上がり深い溝が強調される。ドラッグストアで買えるような化粧品ではもうダメだ。失った若さを取り戻すにはお金がかかる。

佐久間さんが持参したコスチュームは看護婦の制服だった。その下に着けるための白い下着とガーターベルト。

パッケージに入っていたから新品かと思ったが、よく見ると開封された跡があった。どうやら使用済のものらしい。きちんと洗濯して元通り袋に入れて差し出してくるなんて。しみったれている。

ブツブツ文句を言いながら下着を着けた。純白の可憐なブラに胸を押し込む。柔らかい背中の脂肪もかき集めるようにしてカップにねじ込み、谷間を作った。

ショーツはTバック。こんなに小さくて穿く意味があるのかと思う。布も透けていて何も隠せてはいないではないか。それでもこの小さな布があることと「何も無い」ことの間には女が思うよりずっと大きな差があるらしい。

ガーターベルトに至ってはもう完全にアクセサリーの部類だろう。安物で金具もプラスチックだ。

白衣の中が淫《みだ》らだったらいいのにな、という佐久間さんの願望が具現化されたセット。いつもはごく普通のプレイしかしなかったのに、今日になって突然申し出てきた。佐久間さんみたいに穏やかなオジさんでも、頭の中はやっぱりスケべだらけなんだな。

それにしても付き合いの長い私にすら、ずっと言いだせなかったなんて。

電話口で「冒険したいんだ」と言った佐久間さん。きっと耳まで赤くしてるんだろうなと姿が想像できた。でもね、「看護婦コスプレで3Pがしたい」なんてありきたりの範疇《はんちゆう》だよ。くだらない冒険に付き合ってお金が貰えるなら私は楽だけど。

白衣に袖を通し、安ホテルの洗面鏡に向かって小さく唱えた。

テクマクマヤコン、テクマクマヤコン、看護婦さんになあれ。

「マジウケたんだけど！」

そのみちゃんはまだ笑っている。

佐久間さんの喘ぎ声のことだ。今日、私が引き合わせるまで二人は会ったことが無かった。興奮した佐久間さんがあのオットセイのような声を上げ始めた途端、そのみちゃんは肩を震わせて笑いに耐えていた。

「そのみちゃんが吹き出しそうなの見て、私までつられて笑いそうだったんだから！」

「いつもああなの？」

「うん。いつも」

「ヤバいね！　いつもとか！」

「もう慣れたけどね」

がはは と大きな声でそのみちゃんが笑う。内臓を裏返して吐くような下品な笑い声だ。しばらく会っていなかったけど相変わらずだな。

そのみちゃんと会ったのは風俗嬢時代で、その頃は特に仲が良かった訳でもない。

デリ、ソープ、ヘルスと店を転々としてる間なぜかそのみちゃんも同じ店に巡ってくることが多くていつの間にか友達になった。

私が店を辞めて個人で売りみたいなことを始めてからは遊ぶ機会も減っていたので、久しぶりに話でもしようと、佐久間さんの件が終ってからファミレスに来たのだ。

「そのみちゃん最近ヤバい客引いた？」

そう尋ねると、一本だけ剝《は》がれたネイルを弄《いじ》りながらそのみちゃんはしばらく考えていた。

「うーん、なんか特別ヤバいのはいないんだけど」

「うん」

「なんていうか質が変わった」

「質？」

「うん、ヤバさの質」

「なにそれ」

「だからぁ、普っ通ーのサラリーマンとかの方が実はキモ客よりヤバいみたいなとこあるじゃん」

「あー。はいはい！　昼の仕事してる人の方が闇が深いよね。終ったあとに説教してきたりするし」

「それそれー。急に暴言吐いてくるプッツン系の人も増えたしね」

「すごい分かる。いきなり乳首つねってきたりするじゃん、超強く」

「いる！　何なのあれ？　乳首ちぎれるっつーの！」

そのみちゃんはまた、がははと笑ってソファに立て膝をした。短いスカートがずり上がりパンツが見えている。

近くにいる子連れの母親がしかめ面でこちらを見ていた。そのみちゃんを睨むその目は、私達に説教をするサラリーマンの目と同じだ。そんなことにもそのみちゃんは気付かず、フォークでミニトマトをつつきながら話す。

「キモ客はさあ、自分の世界持っててんじゃん」

「自分の世界？」

「そう。自分ワールド。だからこっちはちょっと話合わせてやるだけで割と成立するんだよね」

「あーそうかも」

「それに扱いやすいし、案外差し入れとかマメに持って来たりするじゃん」

「あ、キモ客と言えばさあ、ケッペキ覚えてる？」

そのみちゃんが言う「ケッペキ」は、私達がヘルスで働いていた頃によく来ていた客だ。見た目にもかなりインパクトがある方だったから記憶に残っている。異常なほどの潔癖性で、店に置いてある消毒液やイソジンは信用できないのだと毎回アルコールを持参していた。

「あはは、確かに」

「ケッペキね。懐かしいなあ」

「あいつ毎回来る度にまず掃除してたじゃん。床とかマットとか全部」

「そうそう。百二十分コースの半分以上掃除するか自分の体洗ってるかだったよ」

「ウケる！　それに自前のシーツまで持って来てたよね」

「そのくせオシッコ飲ませろとか言うしね。馬鹿だったのかな」

「意味不明だよね」

「でね、そのケッペキなんだけど」

「うん」

「死んだんだって」

「は？　死んだ？　なんで？」

「詳しいことは分からないけど、あいつなんかの仕事で契約社員だったのが正規採用になってしばらく店に来なかったらしいんだよ」

「うん」

「そしたらある日珍しくスーツ姿でフラッと店に来たんだって。それでいつもみたいにお風呂の掃除始めたから女の子は外で待ってたらしいのね。そしたらなんか様子がおかしくて、ドア開けたら手首と喉切ってたらしいよ。ピカピカの風呂で」

「うわ怖っ。どうしてそんなことしたんだろ、仕事の悩み？」

「分かんない。でもやっぱストレスとかじゃん？」

「まあ、コミュ障だし気が弱そうだったもんね」

そこでなんとなく会話が途切れた。私もそのみちゃんもジュースを飲んだり、髪の毛を弄ったりしてしばらく黙る。二人ともケッペキのことを考えている感じだった。

頬骨の突き出たガリガリの顔。色白で死神みたいだった。何かを話すとき真っすぐ人の目を見れないタイプで、除菌とか殺菌の話以外でハキハキ話している姿を見たことはない。それでも憎めない奴だった気がする。

死んじゃったのか。死んじゃうくらいなら、逃げれば良かったのに。それとも、綺麗なお風呂で死ねることがその時のケッペキには一番の幸せだったのかな。

そもそんなに難しく考えること？　思いつめて何にも見えなくなっちゃってただけなんじゃないのかな。

得意なことや好きなことが一つでもあれば何とか生きて行けると思うんだけどな。私なんかちょっとフェラチオが上手いだけで、勉強も運動も全然出来ないし、保険とか年金とか福利厚生とか難しいことは何にも分からないままだけど大人になれたもん。何でも上手にやろうだなんて疲れるだけだよ。

ケッペキは欲張り過ぎたのかもね。プライドを捨てて控えめに生きてれば幸せなんて沢山見つかるのに。

何にせよ、どうせ未来は真っ暗で何も見えないなら、見えてる今を生きないと。死んでも楽しいことなんてひとつもないし。

「あー、なんか気分が下がった。アッコちゃん何か面白い話ない？」

沈黙を割ってそのみちゃんが言った。面白い話ない？　とか自分のことを女王様かなにかだと思ってるんだろうか。

しかしそういえばそのみちゃんには仁さんのことを話していなかったと思いあたり彼氏が出来たと報告した。

そのみちゃんは大げさなリアクションで驚き、羨望《せんぼう》の言葉を連発する。いいなと言われる度にくすぐったいような嬉しさがあった。その後はもう、どこで出会っただとか名前は何だとかどちらから告《こく》ったんだとか質問攻めだ。

私は芸能人の記者会見のような気持ちでそのみちゃんとの一問一答に答えた。慎ましく、自慢げにならないよう気を遣いながら。

「あ、でもさあ。彼氏できたのになんでアッコちゃんまだお客とってんの？」

突然、嫌な質問をしてくる。興味津々でインタビューしてくるそのみちゃんの目に、意地悪な光が宿るのを感じた。

「彼も頑張ってはいるんだけど、まだ毎日仕事があるわけじゃないらしくて」

「マジー？　それ大丈夫ー？」

私の顔を覗き込むようにしてそのみちゃんは言う。詮索するポイントを見つけ、溢れ出す好奇心を隠しきれていない。

「彼氏はアッコちゃんがお客とってるのは知ってんでしょ？」

「知ってる」

「でもさあ、普通自分の彼女に売りさせる？」

「私が好きでやってるからいいの。今更昼の仕事とか無理だし」

「そうかも知れないけどお」

そのみちゃんはほおづえをついてしばらく考えている。何を考えているのだろう。どうせお節介なことを言い始めるに決まってる。

「ねえ、アッコちゃん。それってもしかしてヒモみたいなことなんじゃないの？」

探偵のような口ぶりで言ってきた。こういう失礼なことを平気で言う子なんだから。そのデリカシーの無さが非モテの原因だって分かってないのかな。彼氏もいないくせに。

「ヒモじゃないよ。仕事してるんだってば」

「ちゃんと家賃とか生活費とか出してくれてんの？」

「出してくれてるよ。今は少ないかも知れないけど」

「まあそれならいいんだけどさ。やっぱ傷つくのはいつも女だからね。自分の幸せは自分で守りなよ、アッコちゃん」

格言のように最後の言葉を放ったそのみちゃんの口は、どことなくニヤついていて気分が悪い。私が幸せになるのがそんなに気に食わないのだろうか。出来るだけ言い返したつもりだがそのみちゃんは勝ち誇ったような顔をしている。どこをとっても私より勝っているところなんか無いくせにどうしてそんな表情が出来るのだろう。

「そういえばこの前、結婚しようって言われたんだ」

「結婚？」

「そう。生活が安定したらすぐに結婚しようって」

「へえ」

「だからそうなったら専業主婦やるの」

「彼は養ってくれる気なんだ」

「うん、子供も欲しいから結婚したら家に居てくれって言われた。まあ子供はもう少し先だと思うけどね」

「ふーん。良かったじゃん」

「だからさ、そのみちゃんも早く良い男見つけて結婚しちゃいなよ、ね」

歯切れ悪く返事をするそのみちゃんを見て「勝った」と思った。

しかしその後すぐに自己嫌悪の気持ちが押し寄せてくる。結婚の話なんて一度も出たことがない。むしろ仁さんは「結婚なんてお互いを信用出来ない馬鹿な奴らがする奴隷契約だ」とまで言っていた。バツイチだし、結婚にあまり良い思い出が無いみたい。

それに加えてここ最近はほとんど私の稼ぎで生活してる。ギャンブルもお酒もタバコも私の為に全部やめると言ったくせに、一週間も我慢できなかった。守れないなら初めからそんなこと言わないで欲しい。

嘘をついてまで守ったものは砂糖で出来た甘い虚像だ。現実に放り込まれた途端、すぐに溶けて無くなってしまう。

それでもミニトマトをつついているそのみちゃんのつまらなそうな顔を見ていると、少しだけ安心できた。そのみちゃんより私の方がまだマシなのだ。お金が無くたって私には愛がある。

テクマクマヤコン、テクマクマヤコン、綺麗な花嫁さんになあれ。

※

遅《おせ》え。

夜中の二時を回っているというのにアッコが戻らない。ぐずぐずと何をしてやがるんだ。腹が減ってイライラする。

買い置きの酒は無かったかと台所へ向かう。口が開いたままのゴミ袋が積み重なり、腐敗した残飯の臭いが立ち込めていた。この街のあちこちで不意に漂ってくる臭いと同じだ。塵芥《ちりあくた》と小便を煮詰めた生活の臭い。

ゴミ袋を蹴散らし、埋もれていた酒瓶を手に取る。持ち上げようとするとずっしりとした抵抗を感じたので、まだたっぷり酒が入っているのかと期待した矢先、べりっと剝がれる手応えと共にすっからかんの酒瓶が持ち上がった。

白いビニールの床に黄土色の汁が干涸びている。ゴミ袋から漏れ出た汁で瓶底が床に張り付いていただけだったのを知ると、ゴミにさえ馬鹿にされたような気になり腸《はらわた》が煮えくり返る。

その時、台所のすぐ横にある玄関の扉が開き「ただいまー」と間の抜けた声でアッコが帰って来た。乱雑に溢れた靴を足で左右に押しやりながらハイヒールを脱ぐと、すぐ側に立っていた俺に、

「ちょっと仁さん、この作業靴捨てといてって言ったじゃん。古い方」

と早々に文句を垂れやがる。

こちとら夕方からずっと待たされっ放しだというのに謝りもせずに要求ばかりして、女というのはどうしてこうも図々しい生き物なのか。

仁王立ちになって作業靴を指差しているアッコを睨みつける。体に張り付いた服の

せいでだらしない下腹が強調されており、その腰回りが妙に女っぽく腹が立つ。どこの誰に見せつけるための格好だ。

「飯！」

怒鳴りつけた声も空腹のせいで裏返る。ちくしょう。

「はあ？　ないよそんなの。コンビニ寄らなかったし」

あっけらかんとアッコは答える。何一つ自分に非が無いような口ぶりは俺を挑発しているのか。こんな深夜に帰って来て飯抜きだとほざくなど許されん。

アッコに背を向け、布団のある奥の部屋に戻りながら「買って来い」と一言吐き捨てた。

「は？　嫌だし。自分で行ってよ」

聞き捨てならん言葉が返ってきた。しかしこの女は馬鹿なのだ。もう一度チャンスを与えてやろう。背を向けたまま振り返らずに繰り返した。

「買って来い」

「だから、嫌だってば。私、今帰って来たばっかだよ？」

「行け！」

「もう何、そんな偉そうに」

「文句を言うな！　この馬鹿が！」

たまらず振り返って怒鳴りつけた。どしんと踏み出した足が安い部屋のガラスを揺らす。

「大きい声出さないで！」

「うるせえ！　こんな時間までほっつき歩いてたくせに。とっとと行け！」

「何よ、そうやって怒鳴れば言うこと聞くと思って。正直に言えばいいじゃない、お金が無いって」

「ああ？」

「買いに行きたくても行けなかったんでしょ、どうせ」

「黙れこのアマ！」

「そうやって叫んだって、私からのお小遣いが無いとお弁当の一つも買えないんだもんね。あー情けない」

憎たらしい笑みを浮かべてそう言い放ち、俺の横をすり抜けて奥へ入ろうとしたアッコをはり倒した。

小さな悲鳴と共にバランスを崩して床に倒れ込んだアッコの上に馬乗りになり胸ぐらを締め上げる。太い両脚をばたつかせて逃れようとするもんだから部屋のフレームが軋《きし》み、家中の家具が耳障りな音で揺れた。

最近こいつは俺を舐め腐っている。最初の方こそしおらしくしていたが、一度ボロを出し始めると一気に本性が丸出しだ。

どこぞの変態どもと楽しく遊び回っておきながら、年上の俺のことまで馬鹿にしやがる。吐き気がするほど女の匂いをぷんぷんさせて誰とでも寝る最低な女だ。

奴隷だと思えばこそコイツの恋愛ごっこに付き合ってやっているというのに何だこの付け上がりようは。

「なあアッコ、お前にはもうちっと教育が必要だな」

股がったまま見下ろすと、アッコは顔を覆った指の隙間から怯えた目を覗かせた。

「……やめて」

「今更なんだ？　お前からふっかけてきたんじゃねえか」

「仁さんお願い。痛いのは嫌なの」

「急に弱ぶりやがって。こういう時だけ女になるんじゃねえよ。そういうのはな、馬鹿な客には効くかもしんねえが俺には通用しねえんだよ」

「……ごめんなさい、ごめんなさい」

泣きながら繰り返すアッコを見ているとふつふつと腹の底が煮えてくる。反省も何もしてねえくせにただ謝れば終ると思いやがって。

俺の怒りの理不尽さを分かっていて早々に降参するその誠意の無さが俺を傷付けることも知らずに！

右手を高く上げてアッコの頬を張った。ビシリとひび割れるような音がしてアッコの顔が固くなる。顔を隠そうとする手を捩《ひね》り上げて押さえつけ何度も殴った。顔では飽きたらず腹にも拳を打ち込む。腹の脂肪が波打ち嘔吐に耐えているみぞおちに気が済むまで制裁を加えた。殴られている間は息が出来ないのか、アッコは殴打の瞬間以外は声を出さなかった。防御のために必死なのかも知れない。

ひとしきり殴りつけると、この寒々しい部屋で無抵抗の女をいたぶっていることが酷くつまらなく思えてきて手を止めた。アッコの上から降りると、玄関に放りっ放しになっていたハンドバッグから財布を抜き取り、部屋を出た。

この時間ではどの居酒屋もやっていない。雀荘に顔を出そうかとも思ったが、あの無愛想なマスターと顔を合わせることを思うと何となく億劫《おっくう》で、仕方なくコンビニでパック酒とおでん、のり弁一つを買って出た。

安っぽいピンク色の財布から金を出すとき、ビニールで出来た偽のエナメルが破れて中の厚紙が見えていることに気付き、途端に気が滅入《めい》った。

アッコと一緒になってすぐの頃、金が出来たら何か買ってやると約束したことがある。アッコは幸せそうに悩んだ末、「高くなくてもいいから新しい財布が欲しい」と言った。

ボロボロになったみすぼらしい財布を未《いま》だに抱いて、あいつは約束が果たされるのを待っているのかも知れない。

公園のベンチで弁当を食い、パックのまま酒をあおった。腹が膨れると昂《たかぶ》っていたものが落ち着き、部屋へ戻ってアッコと顔を合わせることへの気まずさがのしかかる。冷静に思えば、あれは行き過ぎた仕打ちだった。苦々しい気持ちを酒で飲み下して薄めようとしたが、かえって憂鬱になるばかりだった。

部屋に戻ると、アッコは俺が出て行った時のまま台所に転がっていた。目を見開いたまま天井を仰いで静かに泣いている。

俺はゆっくり近づき、床に散らばったゴミを掻き分けて側に座ると姿勢を正した。侍のように背筋を伸ばして正座し、深々と頭を下げる。

「悪かった」

両手を突き、アッコに向かって土下座する。

「本当にすまん」

アッコは無言で聞いている。

「女の一人も幸せに出来ない男はダメだよな。俺はアッコに甘えてばかりだ。お前が居てくれないと俺は何にも出来ねえクズだよ。でも反省したよ。明日からまた働く、約束する」

チラリと顔を上げて見ると、アッコは無表情に俺を見返していた。

時々瞬きをするが瞼《まぶた》が酷く腫れていてきちんと閉まらない。それは今まで見てきた女の中でも圧倒的に醜く痛々しい顔で、そんな素質を持って生まれたこの女を心底可哀想だと思った。

触れて良いものか迷ったが、そっと手を伸ばして乱れた髪を撫でてやる。何の反応も示さないアッコを撫でていると、自分が殺してしまったような気分になり眉間の奥がツンと痛んだ。

全部分かっている。俺自身の性根が腐りきって堪え難い悪臭を放っていることも。

それが原因で社会から締め出されたにも拘《かか》わらず、掃き溜めのようなこの街に住み着いてからもまだ自分が一角《ひとかど》の人間であると錯覚し他人に唾を吐き続けていたことも。

それでもこの女は辛抱強く側にいる。欲望にまみれた男達の舌に舐め回されて心がただれても、俺への愛だけを頼りに家へ戻って来る。

俺はアッコを打ちのめして試しているのかも知れない。離れていかれることなど怖くないフリをして、卑屈な方法で愛情の深さを測っているのだ。

今夜こそは素直になろう。

ぼたぼたと床に落ちる涙を隠しもせずに俺はアッコの横にずり寄った。かがんで頬を寄せ、思っているままを声に出す。

「俺はお前を愛してるんだよ」

返事を促すように顔を覗き込むと、アッコの目に涙が溜まった。俺が殺した女は、今息を吹き返したのだ。震えるような感動に、ひしとその体を抱きしめてもう一度素直に言った。

「離れていくなよ。アッコがいてくれないと寂しいよ、俺」

アッコは息のような擦《かす》れた声で小さく「うん」と言った。

※

独房のように狭い部屋。一時間千円のレンタルルームで呼吸が戻るのを待ってい
る。手を伸ばし小さな窓を開けて湿度を外に逃がした。
中年の男の体からは古い蠟《ろう》の匂いがする。まだ脈打っている自分の性器からも生臭
い魚の臭いが立ちのぼって鼻の中で混ざり合った。
「考えといてくれよ、アッコちゃん。何度も言うけど、俺は君の味方だからね」
ワイシャツの裾をズボンに押し込みながら長野さんが言った。
こうして二年ぶりに連絡を貰うまで存在自体を忘れていたが、実際に彼の姿を見て
いると、こけた頰に浮かぶクレーター状のニキビ跡もアイラインのように目を縁取る
濃い睫毛もずっと慣れ親しんできたものに思えてくる。
乳の上までたくし上げられていたキャミソールを整え、ショーツを穿いた。そして
ベッドの枕元に置かれた名刺を拾い上げてもう一度眺める。
ハピネス興行　店長　長野正義

「下の名前、ながの……せいぎ？」

そう尋ねると、長野さんは小さく笑って、

「違う。まさよし。でもそっちの方が格好良いな」

と言った。その口調がとても優しくて、私はもう少し側に居て欲しいと思ってしまう。

長野さんが黒い革財布から取り出した一万円をそっと私に握らせる。

「少し寒くなってきたし、帰りに温かいものでも食べなよ」

手の中のお金を見つめ、温かいものでも食べなよという言葉を頭の中で繰り返しているうちに、涙が込み上げてきてお札の上にこぼれた。

ほんの少しの優しさで私は幸せになれるのに。どうしてあの人はそれを分かってくれないのだろう。毎晩あからさまに不機嫌な顔をして私を待っている。

酒に酔って良い気分の日だけ甘い声を出して私を隣に呼ぶくせに。その度に私は期待しているのだ。もしかしたら今夜、私達は元の二人に戻れるかも知れないと。一緒に暮らし始めた日のように、小さな冗談で笑いながらじゃれあう幸せな時間を取り戻そうと焼酎臭い彼の吐息に耐えて抱かれるのに。

「大丈夫？　ずっと思いつめてたんだな、可哀想に」

長野さんの大きい手が私の肩を撫でる。この部屋に来る前、喫茶店で長野さんには何もかも話してしまった。一つ不満をもらしてしまうと、後はもう洪水のように次から次へと聞いて欲しい思いが溢れた。忘れていたような些細な不満まで連なって全部出て来て、もはや自分は仁さんのことを憎んでいるのではないかとさえ思った。

「女の子は大変だよな。特にアッコちゃんみたいに我慢強い子ほど苦労するんだよ。俺はずっとこの業界で色んな子見てきたから分かるよ」

帰り支度をしていた長野さんが、もう一度私の隣に腰を下ろして話し始めた。肩に置いた手でトントンとゆっくりリズムをとりながら、子供を寝かしつけるような静かな声で慰めてくれる。

「普通に生活してることだって凄いことだよ。女の子はほら、生理だとかホルモンのバランスだとかで毎月体の中が変わっちゃうだろ？　気持ちが弱るのはしょうがないんだよ。だからそういう時こそだよ、そういう時こそ男がしっかり側で支えてやんなくちゃなんだよな。それが男の役割ってもんだと俺は思うよ」

この人は何でも分かっているんだと思う。理由無く悲しい夜が女にはあることも。三十を過ぎて体は益々女になろうとする。若い時に二度中絶して、その時はまた欲しい時に作れば良いと思っていたし、誰かのお嫁さんになって幸せな家庭を築いている自分の姿がすぐ先に見えていた。だからまだ暫くは大丈夫だと安心していたのに。年月が経つほどにビジョンは色褪《いろあ》せてゆき、そのくせ体は日増しに生命を宿したがる。

「少しこのまま泣いてもいい？」

長野さんの肩に頭を預けてそう聞くと、

「好きなだけ泣きなよ。今のアッコちゃんにはそれが必要なことなんだよ」

と髪を撫でてくれた。

長野さんが今日私と会ったのはこうして一緒にいるためではないと分かっている。流れでレンタルルームに来たけれど、本題はこれでは無かった。

喫茶店で長野さんが切り出したのは、新しく出す店に来ないかという誘いだった。女の子ひとりひとりに部屋が与えられていて住み込みで働けるようにするのだという。部屋はそのまま仕事場としても使えるようにして、お客達が一般の女の子の自宅に遊びに行くような感覚で通える店にしたいのだと言っていた。「温かい接客がしたいんだ。人と人なんだからさ。射精してお金だしてハイさようなら、なんて悲しいだけだよ」とも。

仁さんはきっと今夜もあの部屋で私を待っている。

私が稼いだお金でたっぷりお酒を飲んでそれを大量のおしっこに変えて下水に捨てているのだ。便座にも床にもほとばしって茶色く変色して、何も生み出さないその行為を繰り返して死んで行くつもりだろうか。

扉を開け放ったまま小便をする仁さんの丸まった背中を思い出す。あの人はどうしてあんなに悲しい背中をしているんだろう。もううんざりだと自分でも分かっているはずなのに、卑屈にすぼんだあの肩を突き飛ばして置き去りにすることは難しいように思えた。

「長野さん、あのね、ひとつお願いがあるの」

「どうした？　言ってごらん」

私はもたれていた頭を起こし、長野さんに正面から向き合う。

「私のこと、さらってくれませんか？」

※

金が無いのなんて何十年もそうだけど、毎回どうにかこうにか乗り越えてこれたわけだ。だから生きてる。

まだ金が無えのはいいよ、それより家が無え方がこたえるよな。家が無えなら無えで工夫するんだけど、やっぱこう寒くなってくると気が滅入ったね。

外で寝泊まりしてる人間は野良みたく自由に暮らしてるように見えるかも知らんが意外と難しいもんもあるんだよ。

寝る場所ひとつにしたって一応先に居る奴らに面通しみたいなことせにゃならんし、良い場所にはずっと居座ってる大御所みたいな奴がいたりして面倒なんだよな。

家が無えのに慣れると風呂も入らんだろう？　どうだって良くなるんだよ。それに自分の体の臭いなら暫く放ってても気になんねえもんだ。でも他の奴だと地獄だよ。鼻から脳天を突き抜けていく悪臭だ。

それでだ、家はあるわけだよ今は。だけど金が無え。アッコの奴も手持ちが無えとかで俺をほっぽり出して昼過ぎに出掛けて行ったんだが、今夜の酒が手に入らんのは誠に由々しき事態じゃないか。

しかし、俺は思い当たったよ。金持ちの大さんだよ。あいつ最近は悪い仕事に手を出してるみてえだからきっとたっぷり溜め込んでるよ。酒を奢らせるのも良いけど、どうせ恥を忍んで頼むんだ、まとまった額で借りるとしよう。

　案の定、大さんはいつもの飲み屋に居た。声を掛けると何がそんなに嬉しいんだか大きな笑い声で俺を迎えてくれる。まあ、もったいぶってもしょうがねえしすぐに話を切り出す。

「黒い糞《クソ》が出るんだよ、最近」

「え？　何言ってんだよ仁ちゃん。糞は黒いだろ」

「違うよ、もう真っ黒なんだよ。タールみてえに真っ黒でベタついた糞だ」

「タール？　どっか悪いのかい？」

「多分これは相当マズいんじゃねえかと思ってる。聞いたことあんだよ俺。胃癌になると糞が黒くなるって」

「そりゃ大変だよ、酒なんて飲んで大丈夫か？」

　大さんは俺のグラスと顔を交互に見ながら目を丸くしている。どうやら真剣に心配しているようだ。

「酒でも飲まねえと痛くてしょうがねえんだよ。酔えばちっとはマシになるから飲むんだけど、いよいよダメかも知らん」

「医者に見てもらったほうが良いんじゃないか？」

「ああ、そうなんだよ。でも、金が無え」

「仁ちゃん、女がいるんだろ？　面倒見てもらえないのかい？」

「無理だ」

ばっさりと言い放って、大さんの目を見る。何となくこの先俺が言いたいことを察して大さんは微かに目を逸《そ》らした。

「すまん、大さん頼む。大さんしか居ねぇんだ」

そう口に出すと、嫌な予感が的中したと言わんばかりに顔をしかめて大さんは頭を掻いた。

「ダメだよ、仁ちゃん。俺は貸せないよ。持ってないんだ」

「五万で良いんだよ、頼むよ」

食い下がっては断られるのを何度か繰り返して段々苛ついてくる。

癌かも知れないと言っているのに頑《かたくな》に断り続ける大さんが憎くてしょうがない。

大事な友達への見舞金だと思えば安いもんだろ。意地汚く金に執着しやがって。

「大さんも薄情な人だな。仕事で稼いだ金はどうしたんだよ！」

ついに声に出して言ってしまった。途端に大さんは顔色を変えて俺の肩を引き寄せ、小声で「何言ってんだよ」と慌てている。やはり予想は当たっていたのだ。急に人目を気にし始めた大さんにわざと大きな声で話しかける。

「大切な仲間だと思ってるのによ。心配だよ俺は。そんな稼いで一体何に使ってんだ、薬か？」

「しいっ！　黙ってくれよ仁ちゃん！　頼むから！」

顔を真っ赤にして叫んだ大さんの唇から白い泡が飛ぶ。そして急にヒソヒソ声になり耳元で、

「すまないが金は貸せないよ。本当に無いんだ。色々と入り用で自分の戸籍も売っちまったくらいなんだよ。だけど、仁ちゃんが本当に困ってるって言うなら紹介するから。だから大きな声はやめてくれよ」

「紹介するってどういうことだ？」

「だから、仁ちゃんも働けるように話を通すってことだよ。金が要るんだろ？」

「大さんがやってる仕事を俺もすんのか？　それ、ヤバい仕事なんだろ？」

「もう話しちまったんだからやるんだよ！　仁ちゃん、これで逃げたらあんた都合が良過ぎるよ」

そう言って俺の目を覗き込んだ大さんの顔に頭上の電球から影が落ちていた。ニコ

ニコと人の良さそうな普段の顔つきとはまるで違っていて、背筋が冷たくなる。

誰も居ないコインランドリーを選んで移動すると、大さんはカップ酒片手に話し始めた。予想していたとおり内容は物騒なもので、これから自分もそれに巻き込まれるかと思うと急に腰が引けてくる。

「要するに死体処理なんだな？」

「そういうことだよ」

「清掃業者みたいなことじゃねえのか？」

「…………」

大さんは俺の質問には答えずタバコに火をつけた。吸い口を隠すみたいに手で被って、それからゆっくり吐き出した細い煙が俺への返事のように思えた。

しかしそれで引き下がる訳にはいかない。自動販売機で酒を買い足して粘ると、三杯目のカップ酒を干した頃に大さんはぽつりぽつりと話し始めた。

聞けば大さん自身も詳しいことは分からないのだと言う。自分を雇っている大本の人物も、貰っている金がどのくらい汚れたものかも分からないらしい。

告げられた日時に指定の場所に行くと、大型車に乗ったチンピラ風の男が待っていてそいつが現場まで案内する。連れて行かれた先には必ず死体があり、その後片付けをやるのが毎回の流れだそうだ。行き先は様々で、ホテルや空き倉庫や事務所のような場所もあり、そこで死んでいる仏さんの具合もまちまちなのだと言う。

「カチカチに硬直したババアの脛《すね》を糸鋸で切ることもありゃ、死に立てホヤホヤのヤクザをミンチにせにゃならん日もある」

苦虫を噛み潰したような渋い顔で大さんは首を振った。恐ろしくてこれ以上聞きたくないのに、知らないことはもっと恐ろしく思えて最後にやった仕事のことを聞いてしまう。

「SMクラブだよ」

「SMクラブ？」

「うん。地下SMって言うのか？　悪趣味な店だったよ。見たこともないような道具が壁一面にぶら下がってて。内装もまた牢獄みたいに不気味にしつらえてあってよ、異様すぎて入るのもためらうくらいだったよ」

「SMってのは死人が出るもんなのか？」

「仁ちゃん、世の中にはな、普通の刺激では飽き足らない人間がわんさかいるんだよ。女をなぶり殺してようやく幸せを感じるようなイカレた金持ちもな」

「ひでえ話だな」

「そうだよ。もう目も当てられないくらいだよ。片付けながら俺は生きた心地がしなかったね。体の色も変わっちまって女かどうかも分からねえんだから」

「さすがに女かどうかは分かるだろう、乳が付いてたら女じゃねえか」

「そんなもん、とっくに引きちぎられてるよ。本当に地獄に来たんじゃないかと思うくらいひどい光景だったよ」

聞いているだけでも胸の悪くなる話だったが、大さんには少なくとも二週間に一度ほどはお呼びがかかるという。それだけ死人が出るということだ。

俺はたまらず舌打ちをして立ち上がる。帰ろうと思った。すると、大さんが俺の袖口を引いてものすごい力で引き寄せる。

「仁ちゃん。分かってると思うけどもうダメだからな。俺だってまだ死にたくないんだよ」

血走った目で見上げてくる大さんをどこか夢のような気持ちで俺は眺めていた。俺を掴んでいるその手でのこぎりを握り、死んだ女を解体したという話もどこか童話じみている気がした。

大さんから招集の知らせを受けたのは、その二日後だった。

あの夜以降なるべく大さんとは顔を合わせないよう避けていたつもりだったのに、どこで聞いたのかアッコの部屋まで訪ねて来て、

「今夜、夜中の三時に駅」

そう短く告げると、俺の目も見ずに帰って行った。

部屋の奥で出掛ける支度をしていたアッコが、

「誰？　何かあるの？」

と尋ねてきたが「うるせえ」と返事をして布団にもぐると、寝たふりをした。

固く目を閉じて、とにかく夜になるまで何も考えずにいようと思ったが頭の中に大きなのこぎりを持った死神が現れて、笑いながら俺に「切れ」と言い続けた。

眠れぬまま夜も更け、肌寒い風が首筋をすり抜けていく中、人気の無い道を駅まで歩く。これから自分を待ち受けているであろう惨状を思うととてつもない倦怠感が体を襲う。

紫色の女が俺の足首に摑まっていてそれを引きずって歩いているのだ。女には乳が無い。名前も無い。腹に刻まれた番号がそいつの存在証明で、俺と大さんがその最後の証人になるのだろう。

だがその夜、約束の時間を過ぎても大さんはやって来なかった。

アッコの部屋の玄関先に立っていた大さんの表情を思い出そうとしてみる。逆光になっていたせいかどうしても思い出せず、丸みを帯びた黒いシルエットだけが記憶に残っている。

撫で肩の上に乗っかった肉まんみてえな笑顔を二度と拝むことは出来ない、という確信を持てるくらいには時が経っていた。何があったのか知らねえがおそらく大さんはもう死んでいる。そんな気がした。

三ヵ月ぶりに仕事に出た。

久しく行かねえうちに現場の面子《メンツ》もすっかり入れ替わってしまって、馴染みの人間は一人も居なくなっていた。まあ良くあることだ。

この街に来る人間のほとんどが地方からの出稼ぎ労働者で、そういう奴は金が貯まればすぐに田舎に帰って行く。厄介な事情を抱えた奴らも大勢居て、そんなのは元から一所に長居したりはしないしな。俺みたいにずっとこの街に留まるのは何かを諦めるかあるいは悟りを開いた人間だけだよ。当然俺は後者なわけだが。

ものは考えようって言うだろ。世間の奴らは銭だとか欲だとかに執着しすぎるから良くねえ。そりゃ若い時は夢も見るだろうよ、良い女を抱きてえとも思うよな。だけどそんなのは青い青い幻想だよ、青きドナウだよ。頭の悪い奴は気付かねえんだよなあ、可哀想なことに。だからいつまでも俗社会の中で無様にバタ狂って死んで行くんだな。

身の丈《たけ》に合わん高えスーツ着てよ、左ハンドルの車乗り回して、格好ばかり気にしてるくせにそもそもの精神が下品な野郎ばかりだろうが。そういう奴に限って俺の生活を底辺だと抜かしやがるけどな、それは間違いだ。俺はむしろあっちの世界を見限ってやったんだから。

だってそうだろ、生きる為に仕事してんのか仕事するために生きてんのか、しっちゃかめっちゃかだよ、あっちは。

俺を見てみろよ、堂々としたもんだろ。見苦しく何かにしがみついたりせずに生きてるとな、おのずと大切なものは向こうからやって来るんだよ。

女だって勝手に寄って来るしな。病気みたいに女のことばかり考えてる奴がいるだろ、あんなのは全然ダメだね。色気ってのは余裕と同義語だからな。ただヤリたい一心で女の尻を追いかけ回してる奴はちっと勉強した方がいいな。

アッコだって別に俺から誘った訳じゃねえよ。酒に酔わせて口説き落としたなんてこともねえ。あの女はまだ若えから少々足りねえところもあるけど、俺に声を掛けたんだから引きの強いところがあるのは確かだな。

要するに調教してやらなくちゃいけないんだよ。物わかりの悪い時は打って、ヒステリーを起こしたら抱いて、飴と鞭だ。そのさじ加減ってのはちょっとセンスを問われるから、勘の悪い野郎には死ぬまで無理だろうが。

鬱陶しくて殺してやろうかと思う瞬間も無いではないが、こう長く暮らしてると情みたいなもんも少しは湧くだろ？

おしゃぶり昆布みてえな女だと思うよ。口に入れた瞬間はさして美味いとも思わねえけど、長くしゃぶってるとこれはこれで味わいがあるというか。チューインガムみたく派手な味の女は、くちゃくちゃ噛んで甘みが消えた瞬間に吐き出したくなるもんだ。

それにしても暫くぶりの仕事で体が痛《いて》え。長くユンボに座ってたから腰が強張ってしょうがねえよ。せっかくやる気を出して行ったけども、まあ明日は無理だろうな。うちのおしゃぶり昆布が最近客を逃がしてばかりでガスも止まる始末だから俺が男の甲斐性ってやつを発揮したというわけだ。

大さんとの行きつけにしていた店にはあれ以来寄る気がしねえ。今夜はとりあえずパック酒と軽い総菜でも買って帰って、残った金はアッコに渡してやるとしよう。


夕暮れの街は、適度な喧噪《けんそう》にあやされ眠気を帯びて倦怠に染まっている。鉄板の詰まった作業靴の底が冷えたアスファルトに落ちる度に、どしんどしんと生活の地盤が固まってゆく音がした。

シラフのままアッコの部屋に戻るのはいつぶりだろうかと考えながら階段を上る。十五段上って踊り場、そしてまた十五段。

金を渡したらどんな顔をするだろうか、金のことで散々うるさく小言を垂れていたし、起伏の激しいあいつのことだから喜んで涙を流すかも知れないなどと思いつつドアを開ける。

西日に照らされた部屋の中から、一切の荷物が消えていた。

テレビも布団も小型の冷蔵庫も食器棚の代わりにしていたカラーボックスも、部屋中に溢れていたゴミの山もすっかり無くなってしまっている。

簡素なワンルームの間取りが見慣れず、カーテンの無くなった窓から差し込む光に満たされた部屋は大きなオレンジ色の立方体のようだ。

岩崎はしばらく玄関に立ち尽くしたままその光景を眺めていた。あまりにも唐突で理解が出来ない。

迷い込んだ山奥で自分をもてなした豪華な屋敷が実は廃墟寺だったというような昔話をぼんやり思い出していた。狐に化かされたのだろうか。

目を見開いて、この光景が現実なのかを確かめようとする。一歩ずつゆっくりと歩みを進め部屋の中心まで来ると、空っぽの空間には音すら無くなってしまったことに気付いた。

「なんだこれ」

静寂に耐えられずに発した声は四方の壁に跳ね返って他人の声のように岩崎の耳に返ってくる。

ふと、自分の踏みしめている畳の上に、小さな紙のようなものが落ちていることに気付いた。拾い上げるとそれは一枚の名刺で、ハピネス興行という文字に続いて、知らない男の名前が印刷されている。

「あ」

なんにも分からないまま、裏切られたということだけが岩崎には分かった。

ボロボロの作業靴に足を突っ込む。行く先は決まっていた。


勇ましい戦士の靴音を聞け。戦いに向かう気高い魂のリズムを。

美しい夕日はまだ沈むことなく街を照らしている。あれは赤く燃え上がる俺の心臓なのだ。爆発を繰り返すコロナが百万度の飛沫《ひまつ》となって皮膚の上を飛び回る。

そして意思は俺の前を歩いている。それは宇宙の意思と混ざり合って大きな水脈を作る。高く高く昇って成層圏まで届くと一気に重力の力で引き戻され、エネルギーの滝となって地面に激しく叩きつけられる。この世界のあらゆるものを一瞬で圧殺してしまうほど強大な力だ。

そして俺の行く先には正義の血を分けた戦友が待つ。全ての悪に裁きを加える為、共に立ち上がろうと誓った友が。

我々は崇高な信念によってこの不均衡な世界を解体する。

しなやかな重金属の腕でヒエラルキーの山を砕き、ほとばしる怒りは銀色の光線となって敵の体を微塵に切り刻むだろう。

これから行われる破壊は後に革命と呼ばれるのだ。痛みを伴いながら完遂されるこの偉業に誰もが賛同し感謝することになる。

先刻まで作業員がせわしなく行き来していた現場へ舞い戻った。

他人から搾取することでしか生きられない横暴な金持ちが、新たな私腹を肥やす場を設けようとしているビルの建設予定地だ。

まだ基礎に取りかかる前の段階で、砂利だけが敷き固められたその場所は水の無い惑星の表面に見えた。

そこには様々な重機が乱雑に停められている。作業終了の時刻と共に、それぞれの重機を動かしていた人間達だけが一斉に消えてしまったような寂しい光景だ。

しかしその一番奥で相棒は俺を待っていた。静かに頭《こうべ》を垂れ、戦士である俺に忠誠を誓っている。キャタピラに足を掛けて飛び乗ると、運転席に体がカチッとセットされて俺はパイロットになる。

操縦レバーを握る手のひらが焼け付くように熱い。このレバーは俺を裏切ったあの女の喉だ。ねじ切れるほどに握りあげて息の根を止めてやる。ヒロイン気取りで物語を乗っ取り、侮辱の限りを尽くした醜悪な人生を地獄で思い返すがいい。

そして男。あの寒い演出にはほとほと同情させられた。怪盗だか何だか知らんが、お前の盗んだものは贋作だよ。薄っぺらいロマンスの膜に二人仲良く包まれて窒息してしまえ。

俺は自分の名誉の為にお前達を殺す。ドブ川に住んでいるボラのような女を取り戻したいのではない、あんなものは犬にくれてやる。それから下手くそなシナリオで世界を凍らせた喜劇男に嫉妬しているわけでもない。美しい俺の人生を、美しくあるべきだった俺の人生を穢《けが》した罪で罰するためだ。

そうだ、俺はもっとまともに人間らしく歩んで行くために産まれ落ちたのに。抜け落ちた前歯をみっともねえ金色の差し歯で補って、それを恥とも思わねえババアに半端もんと言われる筋合いがどこにある。

濃縮された死の臭いを体中から垂れ流しながら、鍵の掛かったゴミ捨て場の残飯を切望してる時、俺は誰よりも美しかったはずだ。

人生を返せだなんて浅はかな言葉を一度でも俺が漏らしたことがあったか？

奴隷の骨を折り肉を嚙みちぎることで自分を支えてる奴らが、悪魔のようなその儀式に払った途方もない金を少しでも取り返してやろうと思ったよ。腹に焼きごてを入れた可哀想な女の死体を小さく切って小さな箱に詰め込んで金を貰えばそれは権力への復讐だろ。

おかしいか？　俺はおかしいか？

挿したままになっていたキーをひねる。

唸《うな》るような轟音《ごうおん》と共に巨体が震え、相棒に命が宿った。

コックピットに座る俺と超合金の体が溶け合って何倍にも膨れ上がる。電信柱よりも高くそびえ、ビルを越えて街を見下ろす。

さあ行こう相棒よ、無敵の力はぼくらのために、正義の怒りはみんなのために。

「マジンガーZ、いざ出動！」

あとがき

私は、もう長い間タクシー運転手をしております。

持ち場は都内の一角ですので、日々、回遊魚のように東京の中をぐるぐると泳いでいます。

これまでに乗せたお客の数はわかりません。あまりにもたくさんの方を乗せてきましたので。

変わったお客というのは珍しいものではありません。同業の方ならよくご存知でしょうが、「普通」のお客というほうがなかなか珍しいくらいです。

男女のカップルが後ろに乗り込むや否や、懇《ねんご》ろな雰囲気になる、なんてことは日常茶飯事。お金を持ってらっしゃらないお客を乗せて、遥《はる》か遠《とお》く、静岡まで乗せていったこともあります。

気の強いお客様に怒鳴られることもしょっちゅうですし、運転の仕方が気にくわないと言って、後ろから椅子《いす》を蹴り上げられたこともあります。タクシージャックのような目にあったことだってありますし、とにかく毎日色んな方にお会いするわけです。

とは言っても、運転するのは変わらず同じ場所ですから、同じ道、同じ景色、同じ生活パターンが続いて少々退屈でもあります。

そこで、ささやかな暇つぶしとして、架空の人生を語らせてもらうようにしました。しがないタクシードライバーの日常話ですから、そこまで興味を持たれることもありません。そのくらいで十分なのです。

存在しない妻や子供だとしても、誰かに聞いてもらう間は、本当にあるものだとして語ることができますし、私自身も幸福な家庭を持った人間のように錯覚できるのです。

今回お話しするのは、そんな私のおとぎ話を異常に熱心に聞いてくれた、あるお客のことです。

その日は繁華街が賑《にぎ》わう金曜の夜でした。いつものようにブラブラと車を走らせていると、派手な服を着た女性が一人、手を挙げていました。大きな荷物を抱え、肩くらいまである髪を鮮やかな緑色に染めています。

車を停《と》め、トランクを開けますかと尋ねると、大事な荷物なので抱えて乗るとおっしゃいます。大きな荷物はどうやら楽器のようでした。

走り始めてからしばらくは、お互いに黙っておりました。失礼ながら私はバックミラーでチラチラと彼女の顔を見ていたのですが、個性的な服装とは違って、お顔はごく普通の大人しそうな丸顔です。

「前職は何をされていたんですか？」

唐突な質問でした。

お客に話しかけられることは珍しくもありませんが、大抵は天気のことだとか、渋滞のことだとか、いわゆる世間話であることがほとんどです。少なからずタクシー業務について質問されることはありますが、前職を尋ねられたことは初めてでした。酔っていらっしゃるのかと思いましたが、女性はいかにも平気な顔をして真面目に尋ねている様子です。

しかし、これは日頃の空想話を聞いてもらえる良《い》い機会だと思い、商社で働いていたと嘘《うそ》をお答えしました。

彼女は「へええ」と感心したように声をあげ、どんな商品を取り扱っていたのか、とか、どうして転職したのか、とか、こちらが話す前にどんどん質問してきます。いつもは、私のほうからさりげなく会話に差し込んでいるような内容も、根掘り葉掘り尋ねてこられ、まるでインタビューを受けているようでした。

そうして話が盛り上がっている最中、彼女が突然レコーダーを回したいと言い始めたのです。私との会話を録音して、一体どうするつもりなのでしょうか。ちょっと怖くも感じましたし、恥ずかしくも思いました。けれど、断る理由がうまく思いつかず、彼女の勢いに呑まれて許可してしまったのです。

彼女は録音開始のボタンを押し、私の声がよく録《と》れるように、レコーダーを釣り銭用のトレーに乗せました。そして、先ほどまでと同じように私のことを聞いてくるのです。

話が家族のことになると、彼女は身を乗り出し、興味津々の様子でした。普段、妻とどんな会話をしているのか、娘や息子の反抗期について、転職したあとに家族がどんな風に変わったかなど、矢継ぎ早に尋ねられ、私は少々面食らってしまいました。

同時に、他人の話にそこまで関心を持てるのが不思議でなりません。タクシーの中だけでなく、日常であっても、これほど熱心に話を聞かれたことはありません。レコーダーまで回したりして、私が何か貴重な話でもするかのように振る舞われると、なんだか居心地が悪くもあります。

そもそも、彼女に語っている私の人生は存在すらしていないわけですから。話半分で聞いてもらうくらいがちょうどいいのであって、積極的に聞かれると、矛盾やボロがないかと身構えてしまいます。

これまで幾度となく繰り返してきた家族とのエピソード、自分の経歴、それらの設定はまさに理想の私であり、私が夢見ていた人生そのものなのです。ですが、実際に経験していないことを語るには、豊かな想像力と描写力が必要です。

色々と話して聞かせるうち、話の作り込みの甘さに気付かされることも多々あり、変な汗をかきながら必死に頭を働かせるという具合でした。

しかし、喜びがあったのも事実です。これまで、私の人生をこんなに面白がってくれるお客はありませんでした。娘のドジ話に手を叩《たた》いて笑い、家族のために転職した私を励まし、優秀な息子を褒《ほ》め称《たた》えてくれました。

彼女が頷《うなず》くたびに、自分が築いてきたものを肯定されているような気がして嬉《うれ》しくなりました。そして、不思議と私も彼女の素性が気になり始めたのです。

「それにしても綺麗《きれい》な髪の色ですね」

バックミラーをチラリと見遣《みや》り、そう声をかけてみました。彼女は照れくさそうに髪をひと撫《な》でしながら、笑っています。

おや、と思いました。私に対しては遠慮なく質問してくるわりに、自分のこととなると途端に控《ひか》えめになるのです。私はますます面白く思って、彼女が抱え込んできた荷物のことを尋ねました。

「お隣の荷物は、一見したところ楽器のようでしたが、何が入っているんです？」

「これですか？　エレキギターです」

「へえ、ギターをお弾きになる。素敵ですね。ご趣味なんですか？」

彼女は隣の荷物を愛《いと》おしそうに眺めながら、少し考えたあと、「仕事なんです」と答えました。

「ええ！　プロの音楽家の方ですか。驚いたな。女性でエレキギターのプロだなんて珍しい」

私が驚くと、やはり照れたようにモジモジと、ロックバンドで演奏しているんだと教えてくれました。それから、ギターよりも歌が本業だということも。

確かに、歌手と思って見ると、彼女の奇抜な服装にも納得がいきます。しかし、なんとなく違和感のようなものを覚えてもいました。

まず私は彼女の顔を知らなかったわけですから、そこまで有名な方ではないのでしょう。それでも仕事とおっしゃるくらいですから、食べていけるだけの活動はしているはずです。

　これは私の個人的なイメージですが、ロックバンドの歌手と言うと、もっと堂々としているというか、破天荒な人柄を想像してしまいます。ですが、目の前の彼女はつるんと世間知らずのような顔をして、私の空想話にもいちいち反応するような具合です。

　果たして、彼女は本当に歌手なのでしょうか。そういう方達《たち》は、もっと華やかなオーラでもってこちらを圧倒してしまうようなものではないのでしょうか？

「どんな歌を歌っておられるのですか？」

「ええっと……、説明が難しいですね。J-POPというか、J-ROCKというか。ジャンルで言えばそんな感じだと思うんですが。歌詞は少し激し目かもしれません」

「激し目、と言いますと？」

「うーん、内容が狂気的だったり……、グロテスク……とも違うなあ。結構強めの物言いをしているというか」

「へえ、意外ですね」

　歯切れが悪いのは恥ずかしいからなのか、口下手なのか。先ほどまでと打って変わってタジタジな様子の彼女を見ていると好奇心が疼《うず》きます。

まさに形勢逆転、という感じで私のほうから色んなことを尋ねてみました。彼女は、慎重に言葉を選びながら話してくれます。

デビューは八年前だということ、福岡で公務員をしていたが歌手になるために仕事を辞めて上京したこと、作詞作曲を自分でやっていること、数年前に喉《のど》を壊してしまい、しばらく歌手活動を休んでいたことなど。

聞けば聞くほど奇妙な人生だと思いました。最初に覚えていた違和感がどんどん大きくなっていきます。

というのも、あまりにもドラマチックすぎる気がしたのです。公務員という安定した職を捨ててまで上京するなんて、そんな情熱がこの大人しそうな女性にあるようにも見えません。しかも、トントン拍子にデビューして、良いところで喉を壊して活動休止だなんて。

挫折というのは、物語を盛り上げるには最適なエッセンスです。それは、偽りの人生を語ってきた身として私が実感してきたことでもあります。

しかも、挫折の後にはきちんと成功も用意されていました。喉を病んで声が出せなくなった彼女は、創作意欲のはけ口として小説を書き始めたというのです。

それくらいならまだ頷けますが、彼女の書いた小説が出版社の目に留まり、単行本として刊行されたと言うではありませんか。処女作をきっかけとして以降、年に一、二冊は小説を出すようになったと。私でも知っているくらい有名な出版社の名前でした。

「ということは、今は音楽家に加えて小説家としても活動されているんですか。へえ、凄《すご》いや」

「まあ……、運が良かったんでしょうね。歌でも小説でも、作ることは好きなので仕事が楽しくてありがたいです。世の中には好きなことを仕事にしたくてもできない場合もありますし、逆に仕事にしてしまったら好きじゃなくなってしまったという話もよく聞きますから」

「そうですねえ。商社時代の私も仕事人間でしたけれど、仕事を心から楽しんでいたかと問われると疑問ではあります。タクシーの運転手をやりながら、たまの休みに家族とゆっくり過ごせる今のほうがずっと良い。運転は元から好きなほうなのでね。ところで、作家先生というのは、どんな風にお仕事をされるんです？」

「作家の仕事……。私は普通だと思いますよ」

「普通って言っても、私どもにはわからない世界ですから。例えば、取材なんてのはされるんですか」

「ああ、しますよ。ソープランドの店長に風俗街を案内してもらったり、各地のお地蔵さんを見に行ったり。お地蔵さんは千体くらいは見たんじゃないですかね。あと、パチンコ屋さんに行って他の人を観察したりもしますね」

「なんだか、私の思っていた取材とは随分イメージが違います。もっとこう、遺跡の歴史を調べたり、知識人の方に話を聞きに行ったりするものかと」

「あはは、そうですね。まあ、私の作品はへんてこなんで。事実か嘘かもわからない感じの。ほら、インタビューと言っても、このくらい気楽なんですよ」

彼女は笑いながらレコーダーを指さしました。そこで私は録音されていたことを思い出したのです。

急に、背筋が伸びるような緊張を感じました。知らず知らずのうちに取材されていたなんて。まさかですが、私のことを書く気ではないかと心配になってきました。作品の中に登場させてもらえる機会なんて滅多にありませんから、光栄に思うべきかもしれませんが、私の作り話が多くの人の目に晒《さら》されると思うと、どうも嘘が暴かれてしまうような気がしたのです。

一方で、根本的な疑問が残っていました。彼女の話は現実離れしすぎていると思うのです。だって、そうでしょう？　喉を壊して療養している間に小説家になってしまうだなんて。あまりにも都合が良いというか、出来すぎている話だと思いませんか。

大体、小説なんて、思いつきでパッと書けるようなものではありません。そういう訓練を受けたり、シナリオの学校に通ったり、誰か先生についたりしなくては、ロクな作品は書けないのではないでしょうか。彼女は何冊も本を出していると言いましたが、音楽活動の傍《かたわ》ら、そうやすやすと執筆が進むのかも疑問です。

もしかして、彼女は私と同じような人間なのではないか。それは確信に近い閃《ひらめ》きでした。彼女は特別な何かに憧れて、それを演じているのではないでしょうか。

音楽家や小説家を目指す人はごまんとおります。芸術の世界を夢見ることなんて、皆若い時代に一度はある話ですから。けれど、本当に夢を実現できるのはほんの一握りの人間です。多くの人が夢破れ、理想の職業とは違う道に自分を落ち着けて歩んでゆくのです。

夢を諦めきれない気持ちもよくわかります。私もその一人ですから。彼女と同様に、理想の自分を手放すことができず、ときどきそれに成り代わって振る舞うことで自分を慰めているのです。

そう考えると、途端に彼女が哀れに思えてきました。

個性的な服装をし、わざわざ楽器を抱えて歩いている姿は、自作自演だったのかと。いかにも特殊な人間であるかのように作り込まれた外見は、今となっては芝居の演出にしか見えなくなってしまいました。

「やっぱり、芸名とかペンネームを使われて活動されてるんですか」

口を突いて出た言葉でした。自分の意地の悪さに自分で驚いたくらいです。名前を聞いてしまえば、彼女の話が真実か嘘かがはっきりしてしまうわけですから。

同志であるはずの彼女を追い詰めるような真似《まね》をして、何がしたいのかはわかりません。でも、特別な人間に擬態している人を客観的に見ていると、化けの皮を剝《は》がしてやりたい衝動が込み上げてくるのです。

自分も本性を隠しているくせに、なんと卑怯《ひきょう》な行動でしょうか。もしかすると私は自分自身を彼女に重ねてしまっているのかもしれません。本当の自分を隠して生きることはやめろと、呼びかけたいのです。彼女はまだ若いのだからきっとやり直せます。それこそ、本当に音楽家や小説家を目指して頑張ることだってできるでしょう。だから、ありのままの自分で堂々と生きていって欲しいのです。私のように何十年も嘘を語りつづけるような道を歩んで欲しくはありません。

「黒木渚《なぎさ》です。芸名やペンネームはありません、本名でやっています」

ついに彼女は名乗ってしまいました。答えるまでにしばらく間があったのは、きっと真実の発覚を恐れてのことでしょう。私に語ったおとぎ話を後悔しているかもしれません。

「そうでしたか。ご本名で。不躾《ぶしつけ》にお名前を伺《うかが》ったりして申し訳ありませんでした。いやあ、しかし、凄い方をお乗せしてしまいましたね。こうしてインタビューまでしていただいて。私が作品に登場する日があるかもしれないと思うと、それだけでワクワクしますよ」

最後の言葉はささやかながら彼女への贈り物でした。

名前を暴くなんて仕打ちをしてしまい、今更ながら罪悪感が湧いてきたのです。

私たちは、どうせもうすぐお別れするのです。そしてまた知らない者同士に戻って、それぞれの暮らしを続けてゆきます。

黒木渚と名乗った彼女が、本当に黒木渚なのかどうかはわかりません。苦し紛れに考えた偽名かもしれません。けれどその名前は私の心にしっかりと刻まれました。

タクシーの運転手という仕事柄、ラジオは常に聞いています。彼女の曲が流れてくれば、きっとすぐに気がつくでしょう。

もしくは、書店に並んだ本の表紙に彼女の名前を見つけることがあれば、パラパラめくって見てみます。そこには、偽りの私が登場しているかもしれません。小説というフィクションの世界に放り込まれて、二重に曖昧《あいまい》になってしまった私を、自分で笑う日が来るかもしれません。

人は、大なり小なり秘密を抱えています。ふと出会った他人の真実なんて簡単に見抜けるものではありません。

人間の本性なんて、幻想のようなものなのですから。

〈初出〉
超不自然主義……………………「小説現代」2016年9月号
東京回遊……………………………書下ろし
ぱんぱかぱーんとぴーひゃらら……「小説現代」2017年2月号

本書は、二〇一七年四月に刊行された単行本を文庫としてまとめたものです。

|著者|黒木 渚　宮崎県出身。大学時代に作詞作曲を始め、ライブ活動を開始。また、文学の研究にも没頭し、大学院まで進む。2012年、「あたしの心臓あげる」でデビュー。'14年、ソロ活動を開始。'17年、アルバム『自由律』限定盤Aの付録として書き下ろされた小説「壁の鹿」を、初の単行本『本性』（本書）と同時に刊行し、小説家としての活動も始める。他の著書に『鉄塔おじさん』『呼吸する町』『檸檬の棘』などがある。

本性《ほんしょう》

黒木《くろき》 渚《なぎさ》

講談社文庫
定価はカバーに
表示してあります

2020年12月15日第1刷発行

発行者――渡瀬昌彦
発行所――株式会社　講談社
東京都文京区音羽2-12-21　〒112-8001
電話　出版（03）5395-3510
　　　販売（03）5395-5817
　　　業務（03）5395-3615
Printed in Japan

デザイン―菊地信義
本文データ制作―講談社デジタル製作
印刷―――豊国印刷株式会社
製本―――株式会社国宝社

ISBN978-4-06-520167-1

講談社文庫刊行の辞

二十一世紀の到来を目睫に望みながら、われわれはいま、人類史上かつて例を見ない巨大な転換期をむかえようとしている。

世界も、日本も、激動の予兆に対する期待とおののきを内に蔵して、未知の時代に歩み入ろうとしている。このときにあたり、創業の人野間清治の「ナショナル・エデュケイター」への志を現代に甦らせようと意図して、われわれはここに古今の文芸作品はいうまでもなく、ひろく人文・社会・自然の諸科学から東西の名著を網羅する、新しい綜合文庫の発刊を決意した。

激動の転換期はまた断絶の時代である。われわれは戦後二十五年間の出版文化のありかたへの深い反省をこめて、この断絶の時代にあえて人間的な持続を求めようとする。いたずらに浮薄な商業主義のあだ花を追い求めることなく、長期にわたって良書に生命をあたえようとつとめるところにしか、今後の出版文化の真の繁栄はあり得ないと信じるからである。

同時にわれわれはこの綜合文庫の刊行を通じて、人文・社会・自然の諸科学が、結局人間の学にほかならないことを立証しようと願っている。かつて知識とは、「汝自身を知る」ことにつきていた。現代社会の瑣末な情報の氾濫のなかから、力強い知識の源泉を掘り起し、技術文明のただなかに、生きた人間の姿を復活させること。それこそわれわれの切なる希求である。

われわれは権威に盲従せず、俗流に媚びることなく、渾然一体となって日本の「草の根」をかたちづくる若く新しい世代の人々に、心をこめてこの新しい綜合文庫をおくり届けたい。それは知識の泉であるとともに感受性のふるさとであり、もっとも有機的に組織され、社会に開かれた万人のための大学をめざしている。大方の支援と協力を衷心より切望してやまない。

一九七一年七月

野間省一

講談社文庫　目録

喜国雅彦　国樹由香　メフィストの漫画
喜国雅彦　国樹由香　本格力〈本棚探偵のミステリ・ブックガイド〉
清武英利　石つぶて〈警視庁 二課刑事の残したもの〉
清武英利　しんがり〈山一證券 最後の12人〉
喜多喜久　ビギナーズ・ラボ
黒岩重吾　新装版 古代史への旅
栗本　薫　新装版 絃《いと》の聖域
栗本　薫　新装版 ぼくらの時代
栗本　薫　新装版 優しい密室
栗本　薫　新装版 鬼面の研究
黒柳徹子　窓ぎわのトットちゃん 新組版
倉知　淳　新装版 星降り山荘の殺人
倉知　淳　シュークリーム・パニック
熊谷達也　浜の甚兵衛
倉阪鬼一郎　大江戸秘脚便
倉阪鬼一郎　娘飛脚を救え〈大江戸秘脚便〉
倉阪鬼一郎　開運十社巡り〈大江戸秘脚便〉
倉阪鬼一郎　決戦、武甲山〈大江戸秘脚便〉
倉阪鬼一郎　八丁堀の忍

倉阪鬼一郎　八丁堀の忍(二)〈大川端の死闘〉
倉阪鬼一郎　八丁堀の忍(三)〈遥かなる故郷〉
倉阪鬼一郎　八丁堀の忍(四)〈隻腕の抜け忍〉
黒木　渚　壁の鹿
栗山圭介　居酒屋ふじ
栗山圭介　国士舘物語
黒澤いづみ　人間に向いてない
決戦！シリーズ　決戦！関ヶ原
決戦！シリーズ　決戦！大坂城
決戦！シリーズ　決戦！本能寺
決戦！シリーズ　決戦！川中島
決戦！シリーズ　決戦！桶狭間
決戦！シリーズ　決戦！関ヶ原2
決戦！シリーズ　決戦！新選組
小峰　元　アルキメデスは手を汚さない
今野　敏　ST警視庁科学特捜班 エピソード1〈新装版〉
今野　敏　ST警視庁科学特捜班 毒物殺人〈新装版〉
今野　敏　ST警視庁科学特捜班〈黒いモスクワ〉
今野　敏　ST警視庁科学特捜班〈青の調査ファイル〉

今野　敏　ST警視庁科学特捜班〈赤の調査ファイル〉
今野　敏　ST警視庁科学特捜班〈黄の調査ファイル〉
今野　敏　ST警視庁科学特捜班〈緑の調査ファイル〉
今野　敏　ST警視庁科学特捜班〈黒の調査ファイル〉
今野　敏　ST為朝伝説殺人ファイル〈警視庁科学特捜班〉
今野　敏　ST桃太郎伝説殺人ファイル〈警視庁科学特捜班〉
今野　敏　ST沖ノ島伝説殺人ファイル〈警視庁科学特捜班〉
今野　敏　ST化合 エピソード0〈警視庁科学特捜班〉
今野　敏　ST プロフェッション〈警視庁科学特捜班〉
今野　敏　ギガース〈宇宙海兵隊〉
今野　敏　ギガース2〈宇宙海兵隊〉
今野　敏　ギガース3〈宇宙海兵隊〉
今野　敏　ギガース4〈宇宙海兵隊〉
今野　敏　ギガース5〈宇宙海兵隊〉
今野　敏　ギガース6〈宇宙海兵隊〉
今野　敏　特殊防諜班 連続誘拐
今野　敏　特殊防諜班 組織報復
今野　敏　特殊防諜班 標的反撃
今野　敏　特殊防諜班 凶星降臨

2020年9月15日現在